モータル

伊藤美樹
ITO MIKI

mortal

幻冬舎MC

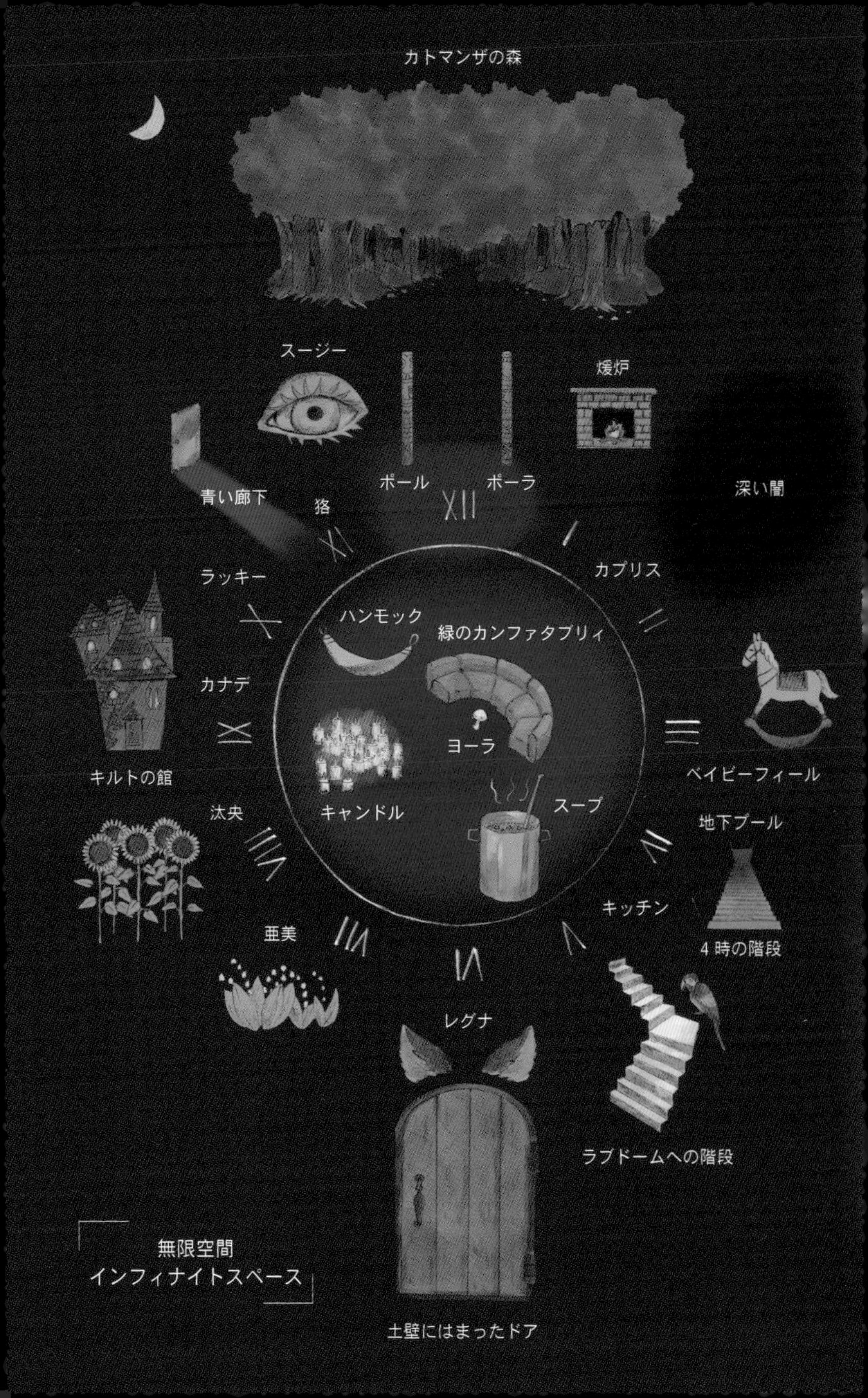
カトマンザの森
スージー
煖炉
ポール
ポーラ
深い闇
青い廊下
狢
カプリス
ラッキー
ハンモック
緑のカンファタブリィ
カナデ
ヨーラ
キルトの館
ベイビーフィール
スープ
汰央
キャンドル
地下プール
キッチン
亜美
4時の階段
レグナ
ラブドームへの階段
無限空間
インフィナイトスペース
土壁にはまったドア

モータル

目次

狢《むじな》はプシプシプシプシと足音を立てて私たちの愛の部屋《カトマンザ》にやってきた。

第一章　新たな訪問者《トリッパー》

カトマンザ

　薄闇の中を一匹のたぬきが歩いている。狢《むじな》と呼ばれるそのたぬきは平坦な砂丘のような景色の中を、遠くに見える光を目指して黙々と歩き続けていた。それは夕暮れに家の窓に灯《とも》る明かりのような暖かな色の光で、訪問者《トリッパー》が愛の部屋《カトマンザ》を見つけるための最大の手懸かりとなる。

　愛の部屋カトマンザ、この不可思議な空間をひとことで説明するなら〝心のどこかに存在するもう一つの現実〟というのが妥当だろうか。誰もが記憶の中に描き持っている心象風景、懐かしさをともなって呼び起こされる幼い頃の思い出の奥にカトマンザの入り口はある。

月も太陽もない虚無の世界で闇の彼方に小さな光を見つけたら、そこに向かって歩いていくとやがて建物の壁らしきものが見えてくる。外形は闇にまぎれてわからないが（もし形があるならばだが）土壁には重厚そうな木のドアが嵌《は》まっていてその上に、何か明るく光るものがある。それは壁に付いた猫の耳のような一対の耳で、遥か遠くの闇に向けて煌々《こうこう》と光を放っている。

中に入るとそこは、闇と土壁が取り巻くひっそりとした空間で、窓はなく、ほの暗い広間の真ん中に置かれた緑色の大きなソファを巨大な円盤型蛍光灯の青白い光が照らし出している。待ち受けるのは心優しい住人たちと風変わりなキャラクターたちだ。

仕組みや構造が現実の世界とは異なるカトマンザ。朝は短く昼はない、カトマンザの大半が夜なのだ。その長い夜は自分の本心とじっくり向き合えるだけの充分な容量《キャパシティー》を持っている。

カトマンザの住人ナンシー、長くしなやかな栗毛の髪にフォレストグリーンの瞳を持つ彼女は毎朝おいしいパンを焼き、格別な味のスープを作る。

木彫りの人形を抱えた小さな男の子はベイビーフィール、彼もカトマンザの住人の一人だ。言葉は喋れないがみんなの言っていることは理解する。

深い闇の奥にいるカプリスもまたカトマンザの住人だ。ただ彼に会うことはできない。

声だけのカプリス、決して姿を見せないカプリス。だがカトマンザのすべてが彼という圧倒的な存在によって守られていることは確かだ。

　全身を包帯で巻かれた包帯男《ラッキー》はカトマンザにやってきた最初の訪問者《トリッパー》だ。ラッキーはほぼ一日中ハンモックの上でギターを弾きながら「宙吊りの歌」を歌っている。彼には吃音《きつおん》があり、喋る時スムーズに言葉が出てこない。そんな彼がなぜだか歌う時だけはとてもスムーズなのだ。そしてその歌声は最高に快適《カンファタブリィ》だ。

　カナデは二人目のトリッパーで、ちょっと物憂《ものう》げな九歳の女の子。シルクのような金髪を束にして頭の上にのせている。ブードゥーが日課で今もその儀式の最中、祭壇に見立てた壁のくぼみにキャンドルを幾つも灯して宇宙の神々に祈りを捧げるのだ。

　ベイビーフィールが自分の部屋を出たり入ったりしている。カプリスは新たなトリッパーが近づいてくる気配を感じて昨夜から音沙汰がない。ナンシーはひときわ明るさを増したレグナのそばで狢の到着を待っていた。

　レグナというのはカトマンザの土壁から生えている紅茶色の毛におおわれた一対の耳で、トリッパーがこちらへ近づいてくるのを感知すると光を発して知らせてくれる、いわばカトマンザのセンサーライトだ。同時にその耳は壁の外側でもまばゆく光り、来る者たちにカトマンザの場所を示している。すなわちこのレグナの光こそが暗がりを歩いてくるトリッパーを導く糸口光《クルー・ライト》なのだ。

ドアの向こうでプシプシプシと足音がした。

「どうやら来たようだわ」

高まる気持ちを抑えて入り口を開けたナンシーは、狢の風変わり《ユニーク》な姿に息を呑んだ。ポトスの葉のようにとがった耳、シッポと目の周りは黒っぽく、身体全体はアイボリーの毛でおおわれている。二本の足で立っている姿はまるで、人が着ぐるみを着ているようにも見えるがそうじゃない、本物のたぬきだ。

「こんばんは」

そう言って狢は少し戸惑いながら中をのぞいた。

「あなたが狢ね」

顔を上げてコクンとうなずく。

「ようこそカトマンザへ、あなたを待っていたわ」

それを聞くと狢は少しほっとして緊張を緩めた。

「私はナンシー、さあ中へどうぞ」

うながされて分厚いドアの横をすり抜けた狢はプシプシプシと部屋の真ん中まで歩いていくと、緑色の大きなソファに太いシッポをはね上げてちょこんと腰掛けた。通称「緑の

第一章　新たな訪問者

カンファタブリィ」の極上の座面が疲れきった身体を柔らかく受け止める。

「ここなんだ」

狢は両手をついて深く座り直すともう一度確かめるように言った。

「ここなんだ、やっと来られたんだ」

ベイビーフィールが緑のカンファタブリィの陰から顔だけ出して見ている。あらためてナンシーが言った。

「ようこそカトマンザへ」

亜美

すずらんの原っぱに投げ出された亜美は起き上がり、周囲を見渡した。

ゲネラルパウゼ……。風景は音を止めた、次に来る音を待つように。

静寂の中で風の音がした。

——亜美——

不意に父の声がした。

「お父さん」

姿はないがそれは確かに雄一の声だった。事故を見た記憶は消えていた。

「お父さんどこ?」

返事はない。亜美は歩き出す、足の向くまま真っすぐ前に。やがて一本の細い道に出た。

戸惑う亜美、道をたどっていくべきか原っぱを進むべきか。

「お父さん?」

九歳の亜美に押し寄せる抱えきれないほどの不安。

「お父さん!」

大きな目に涙がふくれ上がり長いまつ毛を濡らした。涙は透き通るような白い頬を伝い
あとからあとからこぼれ落ち、彼女の空色の運動靴に当たって散った。

カトマンザ

♪　ごきげんよう
上手く言えない時もある

第一章　新たな訪問者

ごきげんよう
おしおきされてる末っ子坊や

ゆらゆ～ら
ゆらゆらゆ～ら
こっちにきたら大はしゃぎ
げらげ～ら
げらげらげ～ら
こっちにきたら大はしゃぎ
大はしゃぎ　大はしゃぎ
とっとっと～
とっとっと～
とんでもないこと起りそう

「光に向かって歩いていたら歌が聞こえたんだ、ごきげんようって」
緑のカンファタブリィの広間ですっかりくつろいだ様子の狢がそう言うと、ハンモックの上でラッキーが答えた。

「う、う、う歌、うう歌った」

「それで光の方に行けばきっと誰かいるんだって思って」

「よかったわ、ラッキーの歌が道案内したのね」

ナンシーが美しいフォレストグリーンの目を細める。

「その耳、よく聞こえそうだものね」

カナデがそう言うと、狢はドアの方に目をやった。

「あの耳には負けそうだけどね」

「レグナには誰もかなわないよ、アリの足音が聞こえるんだから」

「アリの足音が？」

狢は感心しながら向き直り、あどけない顔のカナデをもっとあどけない顔で見つめた。

それからキャンドルの火を消さないようにほうっとため息をついた。よく見るとレグナは
まだ完全に光を消しておらず、耳の奥にうっすらと明るさを残していた。

「また誰か来る」

カナデがひとりごとのように言った。

§

いい匂いがしていた。ナンシーがスープを運んできて狢に一皿差し出した。

「いかが？　シリアス風よ」

「ありがとう、あれっ？」

いつの間にか狢の前にテーブルがあった。

さっきまでなかったのに。

パールがかった白いテーブルを見つめて不思議そうに首をかしげる狢。

「ヨーラよ」

「ヨーラ？」

「普段はキノコみたいに小さくなっていて、必要な時だけテーブルになるの」

「驚いた〜」

「狢を歓迎しているわ」

狢は目を丸くして（もともと丸いのだが）少し照れながら言った。

「よろしくヨーラ」

音でもそぶりでもない何かでヨーラがそれに応えたのがわかった。

二杯もスープをおかわりしたラッキーはハンモックの上にだらりと横たわり、何度もシリアスなゲップをしていた。喋ると気の毒なくらい言葉につまるラッキーだが、どういうわけか歌だけは滑《なめ》らかだ。おまけにラッキーの歌声ときたらとびきり心地好くて、ほの暗い広間に究極の安らぎをもたらしてくれる。ラッキーはほぼ一日中カトマンザの天井から（天井のどこかから）ぶら下がっているハンモックの上で「宙吊りの歌」を歌っている。

ちなみにハンモックというのは綿《めん》で作った大きな網を空中に吊るした寝床のことだ。《私たちはベッドよりハンモックの方がよく眠れた》と言ったのはコロンブス、あまり知られていないが彼の大いなる発見の一つでもある。

旅の疲れで使い込んだモップのようにやつれていた狢はナンシーのスープでようやく人心地《ひとごこち》（たぬ心地）がついたらしい、ぐるりとカトマンザを見渡してふと静まり返った暗闇に目を留めた。

闇の奥にまた闇が？

狢の榛色《はしばみいろ》の丸い目は、しっかりとカプリスの闇をとらえていた。

§

カトマンザには幾つもの底知れない闇《エニグマティックブラック》があり、舞台袖の暗幕のように重なってさまざまな心象風景《シーン》を内包している。ベイビーフィールについて闇のすき間に入った狢は、不意に目の前に出現した子ども部屋のような空間に唖然とした。

「ここは君の部屋なの？」

ベイビーフィールはじっと狢の口元を見ていたが、すぐにニコッと笑ってうなずいた。

その部屋は明るく、ドアもないのに一つの孤立した空間になっていた。鏡のようにピカピカした幾つかの白い家具と白い木馬。ベビーベッドに寝ているのは木彫りの人形《ベイビードール》だ。

「イカす部屋だね」

狢は妙にふわふわした円いスツールに座って、小さなベイビーフィールが小さな小さなベイビードールに世話をやく様子をぼんやり眺めていた。

カトマンザの至る所に闇があり、闇と闇との間には別の空間が存在している、まるで仮想世界みたいだ……

と、狢は突然弾かれたように立ち上がった。ベイビーフィールが驚いて見ていたが、それにはかまわず緑のカンファタブリィの広間に戻った。そして分厚いドアが嵌まっていた土壁を見た。

「あっ」

床に生えていた小さなキノコがピクンとなびいた。

「どうしたの？」

ナンシーは少しだけ眉を上げて狢を見たが、すぐに美しいフォレストグリーンの目を細めた。狢が土壁を指差して言った。

「ドアがなくなっている！」

狢は少し前、土壁に嵌まった分厚い木のドアから入ってきた。今そのドアは跡形もなく消え、壁には紅茶色の毛におおわれた一対の耳があるだけだ。《入り口は出口ではない》ということが狢にははっきりとわかった。

「ナンシー、出口はどこ？」

それを聞くとナンシーは更に目を細めて言った。

「あなた心配性なのね、狢。大丈夫、そのうちわかるわ」

狢がなおも丸い目で見つめていると、ナンシーは仕方がないというように目を伏せた。

「出口ではないけれど終わりはあるわ」

第一章　新たな訪問者

「終わり？　カトマンザの終わり？」

ナンシーが指差した先にあったのは、深く暗い海のように青くたゆたう闇。その青い闇の向こうに目を凝らす狢。

「あれは……森？　森がある？」

カトマンザの闇の奥に広がるカトマンザの森、その森の果てには巨大な石の砦《とりで》があるという。Eスクエアと呼ばれる奥深い森の果ての異空間。そびえ立つ高さ五十メートルの石壁、その肌合いは硬くなめらかだ。そこにはふさふさと顎《あご》ひげを生やした恰幅《かっぷく》の良い老紳士が一人いて石の砦の番をしているという。老紳士の名はエジンバラ卿《きょう》、黒いシルクハットに燕尾服《えんびふく》、腰の後ろで手を組んで高い石壁に囲まれた孤高の沈黙《しじま》を守っている。

カトマンザの終点Eスクエア。渾然《こんぜん》たる地平に出現するモノクロの冷厳《れいげん》な要塞。エジンバラ卿は一体そこで何を守っているのか。その目的、存在理由《レゾンデートル》さえ今はまだ謎に包まれている。狢は青い闇の向こうに広がる森を見つめて呆然と立ち尽くしていた。

§

足を踏み入れるとたちまち親密な気配に包まれる。それは暗い闇のどこかにいるカプリスの温もり。

　誰もがいつもカプリスのことを考えていた。困ったことがあれば真っ先にカプリスに相談するし、頼めば面白い話をたくさん聞かせてくれる。ただカプリスはあまりに長いこと闇の中から出てこないので誰も彼の姿を思い出せない。いやむしろ、かつて誰かカプリスの姿を見たことがあっただろうか？　背の高い黒人だったような気もするしミルクホワイトのうさぎだったかもしれない。龍の形をした大きな船だったような気もするしひげを生《は》やした山高帽だったかもしれない。でもたとえなんであれカプリスはここにいる、このカトマンザのどこか、闇の奥に。

「はじめましてカプリス」

　狢は方向の定まらないまま暗闇に向かって話しかけた。すると低い奥行きのある声が返ってきた。

「やあ狢、ようこそ」

　狢は闇の中をプシプシプシと三歩ほど前に進んだ。

「そこにいるんですか？　カプリス」

「いるというよりこの闇が私なんだ」

「闇が？」

「長い間に闇と同化してしまったらしい。でも心配ない、君のことはよく見える」

狢は闇の中のぼんやりとした自分の姿に目をやった。

「それより狢、居心地はどうだい？」

「最高です、でもなんだかまだ夢みたいで」

「必ず来ると思っていたよ」

「暗がりの中を歩いていたら遠くに光が見えてきて」

「レグナの光を見つけたんだね」

「そうそう、それで光の方に行けばきっと何かあると思って……」

「引き返そうとは思わなかった？」

「なぜだろう、それは思わなかった」

「好奇心だよ」

「え？」

「君はいい意味で好奇心が強い。だから必ず来ると思っていた、情景《シーン》を共有しながらね」

「シーン？」

「君の栗林はとても興味深かったし、おたまじゃくしの池が見えてきた時は興奮したね」

「え？　見えるんですか？」

「実際に行くことはできないが気持ちに寄り添うことはできる」

「やっぱり、あなただったんですねカプリス」

狢は安堵した声で続けた。

「いつも誰かがそばにいるような気がしていた……」

「君の心が強く求めたから導くことができたんだよ」

「僕の心が?」

「そうだよ。今だってほら、すずらんの原っぱにいるあの子」

「え?　誰?」

「すずらんの原っぱで道を探している」

「どこどこ?」

「目をつぶって意識を集中してごらん、心の目で見るんだ」

狢は榛色《はしばみいろ》の丸い目を閉じた。ポトスの葉のような二つの耳にはさまれた脳天が徐々に盛り上がり、アイボリーの柔らかい毛がムックと立った。

「見えた!　女の子だ!」

「今度も難しそうだ」

§

カトマンザに狢が来た日、深い海のように青くたゆたう闇の中で、トーテムポールとトーテムポーラがずいぶん楽しそうにお喋りしていた。その声は周囲には娃娃《ああ》としか聞こえない。ポールとポーラの間を通り抜けるとそこにはカトマンザの精神《スピリット》、巨大な目《スーパージェントル》が赤々と燃える暖炉の炎を映しながら秒速七十ミリメートルでまばたきしている。みんなは彼のことをスージーと呼んで敬愛している。そしてその更に向こうにはカトマンザを取り巻くようにして広がる森がある、カトマンザの中にだ！　カトマンザの森はカトマンザから扇状《おうぎじょう》に広がってどこまでも続いている。入り口にはうっそうと茂る巨万の木々を擁《よう》して森の神エスタブロが、その広大な土壌を鎮《しず》めるように胡坐《こざ》しているという。だが彼を見た者はいない。

緑のカンファタブリィの真上にある直径六メートルの円盤型蛍光灯が青白い光を放って暗いカトマンザを照らしている。蛍光灯の上半分にはため息のバラが犇《ひしめ》いている。カナデはブードゥーを終えてサファイアのような目を伏せながらふっと小さなため息をついた。ため息はカナデの顔の前で白く固まりバラのつぼみになった。

§

――む、む、む狢――

呼んでいるのはラッキーだ。

――き、き、き君の、あ、あ、あ青い廊下――

夢を見ているのだろうか、そう思って狢は辺りの気配にはっとした、目の前に青い廊下がある。いつも心の中にある光景、想像で狢は何度もここへ来た。ラッキーの姿はない。引き寄せられるように歩く狢。廊下の突き当たりには銀色の扉。青い廊下と銀色の扉、地響きを立てて何かが動き出した。

「夢じゃない……」

押し寄せる恍惚《こうこつ》、あふれ出すアドレナリン。体中の細胞がざわめき立ち血管が怒張する。興奮の坩堝《るつぼ》で足をすくわれそうになりながら、狢はやっとのことで青い廊下の銀色の扉の前に立っていた。

「夢じゃない、本当にここに来たんだ」

うわ言のようにつぶやいてもう一度振り返り、青い廊下を眺めた。太いシッポがプシプシ揺れた。

いつもこの扉を開けてみたかった。今僕は青い廊下の銀色の扉の前にいる。

胸の真ん中で心臓が大きく一回トクンと打った。

§

緑のカンファタブリィの広間には誰もいなかった。

「ナンシー？」

呼んでみても返事はない。ハンモックにラッキーの姿はなくカナデの金髪の束も見えない。

みんなどこへ行っちゃったんだろう。

「ヨーラ、知ってるかい？」

例によって小さなキノコになって立っているヨーラは反応なし。

「オハヨー、オハヨー」

カトマンザの束の間の朝を告げるオハヨーの声。

なんだろうあの声？

語尾の上がる陽気な声に誘われて狢はゆっくりと歩き出す、プシプシプシとお決まりの足音を立てて。

昨日ナンシーがおいしいスープを作っていたキッチン、そこから伸びる白いリノリウムの階段、声はその上の方から聞こえてくる。光に向けた狢の瞳孔は横から見た碁石のように細くなった。

カトマンザにこんなに明るい場所があったなんて……。

上がっていくと意外なほど広い場所に出た。声の主は靄《もや》が作り出す虹のベールの向こう側にいた。

「オハヨー、オハヨー」

南国色の美しい羽、おしろいを塗ったような白い顔、踊り場の止まり木に大きな赤い鳥がいた。

「やあ君だったのか」

階段はそこから角度を変えて屋上へと続いていた。

ナンシーは鉢に入った揺れるユッカの前の揺り椅子に座っていた。ラッキーはひげそりの最中、光の屋上《ラブドーム》の敏腕《アビリティ》、Ｍｒ．荻《おぎ》の見事な手さばきで見る間に包帯だらけのイカした紳士になる。ベイビーフィールのベイビードールを着替えさせているのは雪花菜《きらず》ばあや、その後ろで長い金髪をほどいて座っているカナデは奇跡のように愛らしい。

「おはよう狢、ジギーの声が聞こえた？」

「おはようカナデ、バッチリ聞こえたよ」

「ふふっ、よかった」

「みんなここにいたんだね」

太いシッポを振りながら辺りを見渡す狢。

「なんて明るいんだ」

「ここはカトマンザの屋上、光の屋上《ラブドーム》」

「ラブドーム？」

「そう、そして彼は」

「Ｍｒ．荻《おぎ》！」

初対面のはずの狢に呼ばれ、Ｍｒ．荻はにっこり笑った。

「やあ、よく来たね狢」

「お久しぶりですＭｒ．荻《おぎ》」

狢はピンと耳を立てて言った。

彼、Ｍｒ．荻に会うと誰もが懐かしい気持ちになって自然に「お久しぶり」という言葉が口を衝いて出るのだが、そのことに特別な理由はない。誠実そうな表情と会う人に強烈な親しみを感じさせる風貌、胸が疼《うず》くほどの懐かしさを瞬時に抱かせる何かが彼にはある。またもしＭｒ．荻に特徴と言えるものがあるとしたら、それは笑顔だろう。何もかもを引き受けてくれるような満面の笑みこそが彼の最大の特徴であり人格《パーソナリティ》の核と言っていい。それ以外はこれといって特徴のない「どこにでもいるような床屋さん」が彼の代名詞。白い上着の胸に縫い込まれた文字は「Ｓｔｒｏｎｇ　Ｌｏｖｅ」、雪花菜ばあやのエプロンとおそろいだった。

亜美

大広間のステージでは風呂上りの客たちが上機嫌で盛り上がっていた。客の着ている浴《ゆ》衣《かた》には藍《あい》に染めた「寿楽園《じゅらくえん》」の文字、国道沿いの天然温泉付き宿泊施設。亜美は父親の雄一と数時間前にここへ来た。

雄一の勤務する北海道庁舎では毎年家族同伴で行われる慰安旅行があるが、今年は恒例の定山渓《じょうざんけい》から近場の温泉宿に場所を移した。低予算を意識してか家族をともなっての参加者は少なく、同じ年頃の遊び相手もいない亜美は大広間の隅にポツンと座っていたが、やがてすっかり飽きて外へ出た。

宿の敷地は広く、手前は駐車場、裏手は緩《ゆる》い土手になっており、その下には空き地が広がっていた。土手を下りてみると小さな白い花が一面に咲いている。生まれて初めて見るこの儚《はかな》げな花の名を亜美は知らない。歌い終わった雄一が顔色を変えて姿の見えなくなった娘を探しにくるまで、亜美は誰もいない空き地の風の中にたたずんでいた。

§

「これマニュアル車か」

「どーだ、驚いたか」

「ちーっ、アホか、自慢してやんの」

温泉宿の駐車場に乗り入れた大型のダンプカーに日焼けした若い男が二人乗っている。

「でも仕事中にいいのかよ」

「バレッこねぇって」

「国道沿いだぞ、停めてたらヤバくね？」

「この下、空き地なんだ」

「バカ、あれ花畑だろ」

「じゃあ坂に停めときゃいいさ」

大きなダンプカーを土手に停めて運転手と連れの男が宿に向かって歩いていく。入浴してさっぱりするつもりか首には白いタオルが掛かっている。しかももう酒が入ってほろ酔いだ、飲酒運転とはとんでもない。

§

「ここにいたのか亜美」

空き地に娘の姿を見つけた雄一はほっと胸をなで下ろした。

病を患《わずら》っていた雄一の妻、亜矢は、その命を亜美の出生と引き換えにした。生まれ落ちた赤ん坊を男手一つで育ててきた九年の歳月は短くなかった。新生児から乳児、トコトコ歩き出した一歳の頃、欠かさず送り迎えした保育園、そしてようやく小学校入学。働きながら男盛りの三十代を再婚も考えずに過ごしてきた雄一にとって、亜美はかけがえのない宝であり、亡き妻亜矢の大事な忘れ形見だった。

「ここにいたのか」

言いながら雄一は、スリッパのまま出てきてしまったことに気づいて困ったように足を上げた。

「何してたんだ」

土手の勾配《こうばい》を下りながら亜美に話し掛ける雄一。

「お父さん、これなんていう花？」

雄一は浴衣の裾を邪魔そうに手で払いながら亜美に歩み寄り、親子は少しずつ距離を縮めていった。

「ああ、すずらんだな」

「すずらんか」

花の名前がわかった亜美は嬉しそうに身をかがめた。

「すごいな、群生している」

雄一がそう言った時だった。亜美の後方わずか数メートル、斜面に停めてあった十トンダンプがギギッといやらしい音を立てた。飲酒した運転手が甘く引いたサイドブレーキが下りたのだ。雄一が気づいた時、ダンプカーは巨大なタイヤを回転させて後ろへと加速し出していた、それは真っすぐ亜美を目掛けていた。

とっさの時、人は声を失う。息を呑んだ雄一は無言で土を蹴っていた。次の瞬間、亜美はすずらんの上を跳んだ。突き飛ばされた亜美の身体はなぜかスローモーションでゆっくりと宙に浮いており、風に揺れるすずらんの音はなく、父はどうなったかと考えた途端、無音の世界からいきなり耳に飛び込んできたのはボン！　という奇妙な音、雄一の首が不自然な角度に曲がったのを亜美は見た。ダンプカーは雄一の身体を轢いて原っぱに突っ込み、しばらくすずらんの中を走って止まった。

§

気がつくと亜美はひとり原っぱに横たわっていた。事故を見た記憶は消えていた。辺り一面に咲くすずらん。小さな花は風に吹かれてひっきりなしにそよいでいるのに、耳をふさがれてでもいるかのように音がしない。その不思議な無音の世界を亜美が意識した途端、風の音がした。

——亜美——

「お父さん」

姿はないがそれはまぎれもなく雄一の声だった。温泉宿は消え、辺りは見渡す限りのすずらん。

「お父さんどこ?」

心細くなってもう一度呼ぶが返事はない。あきらめて歩き出す亜美。しばらくすると一本の細い道に出た。戸惑う亜美、道をたどっていけばいいのか原っぱを進むべきか。

「お父さん?」

小さな胸に押し寄せる抱えきれないほどの不安。

「お父さん!」

大きな目に涙がふくれ上がり長いまつ毛を濡らした。涙はあとからあとからこぼれ落ち、彼女の空色の運動靴に当たって散った。

§

ひとしきり泣くと亜美は目の前に横たわる細い道を歩き出した。道はゆるやかに曲がりながらどこまでも続いていた。どれくらい歩いたのか一軒の古い大きな館の前に出た。空は暗くなる前の一番美しい茜色《あかねいろ》に染まっていた。もうすぐ日が暮れる。呼び鈴は亜美が背伸びしてやっと手の届く高さにあった。押してみたが返事はない。注意深くドアを開けると暗い廊下が真っすぐ奥に伸びている。歩くと木の床板が軋《きし》んでかすかな音を立てた。廊下は暗闇の中で右に折れていた。曲がると前方に光るものがある、水槽だ。金魚が三匹赤い尾びれを振って泳いでいる。その先は突き当たりでT字の廊下になっていた。

もしかしてここは……

亜美がそう思った途端、高らかな足音と共に数人の看護師が目の前を通り過ぎていった。足早に廊下を行き交う姿は白衣のせいかとても冷淡に見えた。看護師たちの様子に気圧《けお》された亜美は引き寄せられるように水槽に近づいた。

「ここは病院なんだね」

§

しんとした病院に響くナースサンダルの音。T字の廊下に出ると左の突き当たりのドアの上に赤いランプが点《つ》いていた。手術中――。亜美はランプの下のこのドアが決して開かないとわかっていた。

ドアの向こうで声がした。

「亜矢」

第一章　新たな訪問者

お父さん？

それは確かに雄一の声だった。

「約束したじゃないか」

すがるような声。

「約束したじゃないか亜矢」

閉じられたままの目。

「目を開けてくれ」

どんなに呼んでもその目は開かない。

「頼む、逝《い》かないでくれ」

その時、小さく聞こえていたピッピッピッピッピッという音がカーンカーンというアラーム音に変わった。

「亜矢！　死ぬな亜……」

雄一の声が途切れた。不意に亜美の心が叫んだ。

お母さん！

両手に力を込めて呼ぶ。

お母さん！

開かないドアに向かって亜美の心は叫んだ。
お母さん、私を置いて行かないで！

§

静まり返ったドアの向こう、薄暗い廊下で母を思う亜美。
このドアの向こうにお母さんがいる。
寄り添い暮らしてきた父さえも、今は死者となって対峙している。
「亜矢……」
消え入りそうな雄一の声。
「……これからどうしたらいいんだ」
亜美は金縛りにでもあったように動けないままドアに向かって呼び掛ける。
お母さん。
亜美にはどうしても確かめたいことがあった。
お母さん！
閉まったままのドアに向かって心が叫ぶ。

教えてお母さん！

母の温もりさえ知らずに生きてきた少女の魂が叫んだ。

お母さん私、生まれてきてよかったの？

立ちはだかるドアの前でおびえる心は壊れかけていた。

カトマンザ

狢はすがすがしい気分で黄色いレザー張りの理容椅子《バーバーチェア》に腰掛けていた。朝のラブドームでブラシを持ったＭｒ．荻の手が魔法のように動いて狢のアイボリーの毛を整えてくれたのだ。その時少し離れて憂いを帯びた表情のカナデが揺れるユッカの前の揺り椅子に座っていた。

「狢ってたぬき？」

「パンダに見えるかい？」

狢に悪気はなかったがカナデは黙り込む。

「たぬきにしてはめずらしい毛色だよね」

Ｍｒ・荻が空気を和らげるように言う。ムッとしているカナデの見事な金髪を雪花菜ばあやがもうちゃんと頭の上で束にしていた。

　緑のカンファタブリィの広間に戻るとラッキーはこざっぱりとしてハンモックの上で宙吊りの歌を口ずさんでおり、ベイビーフィールはおぼつかない手つきでベイビードールの世話をしていた。おいしそうな香りが漂ってきてヨーラがしなやかに形を整えると、ナンシーがキッチンから運んできた温かいスープを配る。狢、カナデ、ラッキー、最後にベイビーフィールがちょこんと座るとヨーラが待ってましたとばかりにそこにもテーブルを広げる。

「さあベイビーフィール、これはあなたの分、味付け《テイスト》はうっとり《ラブストラック》よ」

　それを聞いてうっとりする狢。そして最後にナンシーはスープを持ってカプリスの闇へと入っていく。

§

「カプリス、いますか？」

　狢は暗闇に目を凝らした。

「ここにいるよ」

「変だな、あなたがいないような気がするなんて」

狢はナンシーがスープを届けた時、カプリスの返事がないと言っていたのが気になっていたのだ。

「実は亜美を探していたんだ」

「亜美ってあの、すずらんの原っぱにいた女の子？」

「うん、彼女を取り巻く情景《シーン》は追跡《フォロー》できたんだが、どうやらそこに何かいるようなんだ」

「何かって？」

「記憶の闇の中に邪悪な気配を感じる」

「邪悪な気配？」

「どうにかしてそこから彼女を連れ出したいんだが」

「何か方法はないの？」

狢のまん丸い二つの目は闇の一点に向けられていた。

「あるいは……」

とカプリスは言った。

「狢、君なら助け出せるかもしれない」

§

「むむ狢は、どどどこへ行った？」

ラッキーが早口になっている。狢がいないことに気がついたのだ。カナデもラッキーの早口を聞いて虚《うつ》ろな目を上げた。ベイビーフィールはベイビードールを抱いたままキョロキョロしている。みんながそわそわし出して広間の床にもやもやと疑念の靄《もや》が這《は》い出すとナンシーが言った。

「狢ならカプリスのところよ」

闇の奥に狢はいた。腕はだらりと床に落ち、首はガックリと垂れている。プシプシプシと音を立てて歩く二本の足は無造作に投げ出され、ポトスの葉のような耳は力なく折れていた。暗がりにもたれ、糸の切れた操《あやつ》り人形のようになって座っている。カナデが抑揚のない声で言う。

「狢に何をしたの？」

瞳を上《うわ》まぶたに張り付けたままカプリスの闇を見つめるカナデ。

「心配いらないんだよカナデ」

カプリスの声は穏やかに響いてくる。頭上から、足元から、遠くから、近くから、そして時には耳元で。

「狢はお散歩《トリップ》しているだけなんだ」

「トリップ？」

「うん、ただ今回は身体を置いていったんだよ」

「身体を置いて？」

「急いでいたんでね」

「狢はどこへ行ったの？」

「亜美を助けに行ったんだよ」

「亜美って？」

「もうすぐここへ来る仲間さ」

「な、なな仲間」

「それでレグナが光っているのね」

「さあカナデ、ラッキーも、心の目を開いて見守ろうじゃないか、これから狢がやろうとしていることを」

「狢はどこにいるの？」

「街のはずれの病院さ」

§

青くたゆたう闇の中に向かい合って立つトーテムポールとトーテムポーラ、彼らの間を通り抜けると暖炉の炎が赤く燃えている。そしてその更に先には奥深いカトマンザの森が、月明かりに照らされて洞窟のような口をぽっかり開けている。

カプリスの話を聞いたあと、みんなは誰からともなくスージーの眼球画面《スクリーン》の前に集まっていた。それぞれが心の目で追跡《フォロー》していた亜美の様子がスージーの巨大な目の中に映し出されている、要するに実況中継《ライブ》だ。知覚レベルが格段に高いスージーのライブ映像は高感度モニターさながらに鮮明で、途切れることなく亜美の姿を追うことができる。そしてこんな時はナンシーのスープが一番だ。青ざめた臓器にそっと流れ込んで心胆《しんたん》を癒してくれる。味付け《テイスト》は信頼《コンフィデンス》。ポールとポーラが娃娃《あああ》と言うとヨーラが雫型《しずくがた》のローテーブルになった。スープをおいしそうに飲む狢の顔がチラついて、ラッキーはぶんぶんと首を振った。

「そんなに首を振ったらスープがこぼれるよ」

　カナデが気の毒そうに言うとベイビーフィールの顔が泣き出しそうにゆがんだ。邪悪な【デビ】の気配がしていた。それは淀《よど》みのようにたまってカトマンザのあちこちに滞留《たいりゅう》していた。でも手助けはできない。狢が無事に亜美を連れて戻ってくることを祈りながら、みんなは言葉もなくスージーのスクリーンを見守った。

亜美

——ここだよ——

　錯乱する意識の中で聴覚を失いかけていた亜美にこの声を聞き取る力はなかった。諦めずに呼び続ける狢。

——ここだよここ、こっちだ——

　ふと亜美は、すぐそばに誰かの気配を感じた。

——やっと気づいたね——

　にわかに呼び覚まされた意識。

「誰？」

――ここから出るんだ、僕についてきて――

「え？」

――走るんだ、さあ早く！――

身体を置いてきた狢は姿の見えない状態で亜美を誘導するしかない。

気づかせることができたんだ、きっとついてくる。

狢の意識は全力疾走した。走り出した亜美に看護師が気づいた。

「どうしたの？」

看護師の声。

「どこに行くの？」

「逃げられないわよ」

看護師たちが追いかけてくる。

「待ちなさい亜美」

名前を呼ばれ、恐ろしくなって亜美は走る。暗い廊下を通り抜け、館の外へ向かって全力で走る。ドアを押して外へ飛び出すと運動靴の底がザシッと土を踏んだ。

§

「誰かいる？」

身体を置いてきてもちゃんと息は切れていた。

――ここにいるよ、安心して――

荒い息で答える狢。

――姿は見えないけれど君のそばにいるから――

不安げに辺りを見回す亜美。

「あなたは誰？」

――僕は狢、君を連れ出したくてとにかく急いで来たんだ――

「助けてくれたの？」

――声を掛けただけさ。君、走るの速かったし。僕なんかシッポに引っかかって転がっちゃったよ――

「シッポ？」

狢のジョークに小さく笑った。どんな苦境に置かれても亜美は九歳の無邪気な少女だ。

——もう大丈夫、ひとまず安心だ——

振り向けばドアは固く閉まり、星空の下で古い館は何事もなかったかのように静まり返っている、看護師も追ってこない。亜美は見えない狢に話しかけた。

「あなたってたぬき？」

——えーっ、よくわかったね——

「ホントに？　たぬきなの？」

——いや、どーしてか今たぬきなんだよ。でも狢って言ってほしいな——

「ムジナ」

このまま亜美を連れていける所まで一緒に行こう、一人になればまたカプリスの言う邪悪な何かに取り憑《つ》かれてカトマンザへの道程《ルート》を見失うかもしれない、そうはさせたくない。栗林でおたまじゃくしの池を見つけたら、青い廊下を通ってカトマンザへ。もし身体があったなら、その密集したアイボリーの毛はムックと立って揺るぎない決意を表していただろう。だが身体を置いてきたお散歩状態《トリップステイト》では亜美を守り切れるかどうかもわからない、でも進むしかない。狢の思いは真っすぐにカプリスの闇へと続いていた。狢は精神を集中《スピリチュアルビューサイト》し、見えてくる情景《シーン》に心をゆだね、亜美をその中へと引き込んでいった。

大きな栗の木が四方を囲んでいる。土と樹液と夜露《よつゆ》の匂い。風のない夜の栗林を二人、正確には一人と影が星明かりを頼りに進んでいく。地面の至る所に木の根が張っていてひどく歩きにくい。それでも亜美は暗がりの中を注意深く歩いた。

「狢はどうして姿が見えないの？」

――身体を置いてきちゃったからさ――

「どこに置いてきたの？」

――カトマンザ――

「カトマンザ？」

――うん――

「それどこにあるの？」

――説明するのは難しいんだけど――

「どうして？」

――う～ん、つまりその、行き方が色々あって――

「私も行けるの？」

――行けるよ――

「行っていいの？」

――もちろんさ、一緒に行こう。ほらあの池、おたまじゃくしの池だ――

姿のない狢の言葉に辺りを見回す亜美。

「あ、あれかな?」

狢はなかば確信していた、おたまじゃくしの池には青い廊下への手懸かりがある。だがその時、狢は何か途轍《とてつ》もなく悪意に満ちた気配を感じた。体中の毛が逆立つような邪悪な気配。

「おたまじゃくしじゃなくて金魚がいる」

——えっ!——

【デビ】

亜美の姿は煙のように消え、かろうじて見えたのは池の底へともぐっていく金魚の赤い尾びれ。

しまった!

金魚は狢を嘲笑《あざわら》うかのように小刻みに尾を振りながら、暗い池の底へと消えていった。

カトマンザ

「うぅっ」

「狢？」

呻《うめ》きを上げた狢の身体《ハード》は今まさにお散歩《トリップ》からの帰還を遂げた精神《ソフト》と融合しようとしていた。

「戻っておいで狢」

「ふうううっ……」

カプリスの声に反応するように狢は大きく息を吐いた。

「狢！」

カナデが駆け寄ると、狢は虚《うつ》ろな目を何度もしばたたいて痙攣《けいれん》するようにぴくぴくと手足を動かした。それから背中を起こしてぶるぶるっと震えたあとポトスの葉のような左右の耳をピンと立てた。

「か、かか帰ってこれてよ、よよよかった」

「みんな……、心配かけたんだね」

頭がはっきりしない状態でも狢は可能な限り目を見開いてひとりひとりの顔を見渡した。だが心は強く締めつけられていた。

「カプリス、僕は」

「おかえり、よく戻ったね狢、君はどんなにあの少女《こ》の救いになったかしれないよ」

「カプリス、僕は間違った、自分の情景《シーン》に亜美を連れ込もうとした」

「間違いではないよ狢」

「だってここへの来方《きかた》はみんな違うのに」

「大丈夫、間違いではない、それもありだ。ただそこに彼女の高揚感《エレベーション》がともなわなかっただけさ」

ベイビーフィールが震えている。小さな声で「金魚」と言ったような気がした。赤い金魚がベイビーフィールを悲しいほど驚愕《きょうがく》させたのだ。ナンシーが寄り添っても戦慄《せんりつ》を帯びた小さな身体は震え続けていた。カプリスの声は真上から聞こえてきた。

「彼女は自分の本心と真正面から向き合うことになるだろう。【デビ】は亜美のフラストレーションが創り出した情念の化身だ。金魚に姿を変えて彼女の深層心理にもぐり込んだ、そのうち喋り出すだろう、強い怨嗟《えんさ》を感じる。だが手助けはできない」

こんな時でさえカプリスの声は信じがたいほど穏やかだ。

「あの池にさえ近づかなければ亜美は……」

「心配しなくていいんだよ珞、いずれにしても彼女は引き返さなくてはならなかったんだから」

「引き返す？」

「決して避けては通れなかったんだよ、彼女の意識がそれらのシーンを創り出している限りね」

「それならどうして僕を行かせたの？」

「亜美が正しい選択をするために時間が必要だったんだ、君との時間がね」

「亜美は僕と来た道を逆戻りするんだね」

「とりあえず館の中だ、あの廊下の水槽の前まで引き戻された」

「それじゃあまた同じことが起こるの？」

「いや、状況は変わっているし亜美は君によって方向付けられた。それに新たなトリッパーが一人加わることになる」

「新たなトリッパー？」

亜美

病院の暗い廊下には看護師の姿はなかった。四角い水槽の白い光だけが金魚の赤い尾びれを映し出し、闇の中に青ざめた亜美の顔を浮かび上がらせていた。そしてカプリスの言葉通り【デビ】がゆっくりと喋り出した。

「お母さんには会えないよ」

「え？」

亜美が驚いたのは金魚が喋ったことよりも発せられた言葉そのものに対してだった。

「会いたくないいんだよ亜美に」

「なぜ？」

「考えてもごらん、もし亜美を大事に思っていたら死んだりしないさ」

「だって、お母さんは病気で」

「そうかな？」

「そうよ、病気だったから」

「本当は生まれてきてほしくなかったんだよ」

いつの間にか亜美の手の中には銀のナイフがあった、動かすとライトのようにキラリと光った。よく見るとそれはナイフじゃない。メスだ。握ると思ったより華奢《きゃしゃ》で亜美の小さな手のひらにぴたりとおさまった。

「君さえ生まれてこなければお母さんは死なずに済んだ」

細くて高い子どものような【デビ】の声。

「亜美を残していって平気だ」

「平気？」

「そうさ、平気だ」

「じゃあどうして……」

「どうして生んだのかって？　仕方がなかったのさ」

「え……」

「仕方なく生んだんだよ」

「そんな……」

「手術室に行くんだ亜美」

「ドアの向こうには行けないもの」

「そんなの嘘さ」

「嘘？」

「だまされているんだ」

「だます？」

「ドアを開けて部屋に入るんだ亜美、お母さんはすぐそこにいる」

スローモーションのように亜美は歩いた。廊下には誰もいなかった。突き当たりを左に曲がると「手術中」の赤いランプがあった。このドアの向こうに亜矢がいる、顔も知らない亜美の母が。

寂しい時、悲しい時、亜美はいつの間にかこのドアの前に来ていた。決して開かないこのドアの前に。メスを握った手に力が込もる。

「そうだよ亜美」

――そうだよ亜美――

【デビ】の声がエコーのように尾を引いた。

ポタンと垂れたのは血だ。床に落ちて丸くなった血痕《けっこん》が二滴、三滴。血はメスを握り締めた亜美の手から床に落ち、鮮赤色《せんせきしょく》のドットを作っていく。不意に肩に誰かの手がかかり、亜美は弾かれたように振り向いた。そこには見知らぬ少年が立っていた。会ったこともない背の高い少年。だがその目には強烈な親しみを感じた。メスを握っていた手が急に痛み出した。出血に驚いた亜美が手を開くとメスは音もなく床に落ちた。またも亜美は無音の世界にいた。

汰央《たお》は持っていたハンカチを亜美の手に巻いた。その背の高い少年が自分に何かを伝えようとしているのが亜美にはわかった。すべてがスローモーションだった。手を耳の後ろに当てている。何かが聞こえるらしい。亜美はこの音のないスローモーションの世界で聴覚をフル稼動させる。一体何が聞こえるというのか？　大いなる好奇心が亜美の鼓膜を震わせた瞬間だ。

♪　Ｉ　ｌｏｖｅ　ｙｏｕ，ＯＫ　この世界に　たった一人のおまえに……

向き直るとドアが大きく開いていた。汰央が横にいたが亜美の目はただ一点に釘付けになっていた。

「お父さん……」

雄一だ、マイクを持った浴衣姿の雄一がステージで歌っている。

「君のお父さん？」

汰央の言葉に無言でうなずく亜美。そしてハッとした。

「あなたは？」

「猪じゃないよ」

「え？　知ってるの？」

「声が聞こえたんだ。君、亜美だね、僕は汰央」

「タオ……」

「ねえ、この歌なんていう歌なんだろう？」

「たぶん矢沢永吉のアイ・ラブ・ユー，ＯＫ」

「確か前にも一度聞いたことがあるんだ、親戚と温泉に行った時」

「温泉？」

「うん、寿楽園《じゅらくえん》っていう所」

「えっ、私もそこへ行ったよ」

「お父さんこれ歌ってた？」

「たぶん」

「もしかしたら一緒だったのかもね、僕たち」

「そうかもね」

「そうか、君のお父さんだったんだ」

そのあと汰央は少し考えるようにしてから、

「その温泉さ、裏が原っぱでね、僕が行った時そこで事故があって人が死んだらしいんだ」

「あ、それうちのお父さん」

「えっ……」

あっという間に汰央の姿が遠のいていく、特殊効果か何かのように。

気がつくと亜美は温泉のロビーにいた。足の向くまま階段を上がると長い廊下に出た。両側に客室が並んでいる。

「こっちだよ亜美」

声がした部屋をのぞくと汰央がいた。手に一冊の本を持っている。

「この本読んであげようか？　『百匹ざるのお母さん』っていう本」

亜美が横に来て座ると汰央は慣れた口調で読み始めた。

§

「……お母さんざる死んじゃったの？」

「うん」

「自分が死ぬのに子ざるを助けたの？」

「自分が死んでも子ざるの命を守りたかったんだよ」

亜美の頬が濡れていた。涙をぬぐって顔を上げると、そこには汰央ではなくて雄一がいた。

「お父さん！」

目の前に雄一が立っていた。

「お父さんどうして？」

「亜美ごめんな、お父さんもう一緒にいられなくなった。でもどうしても亜美に話しておきたいことがあって、最後に一度だけ会いにきたんだ」

亜美が驚いて見つめていると、雄一は意を決したように話し始めた。

「お父さん、謝らなければならない。お父さんのしたことは間違いだったんだ。亜矢を失った悲しみに堪えられず、彼女の思い出を全部消し去ろうとした。何もかも全部処分して、まるで亜矢という人間が存在しなかったかのように暮らしてきた、君を生んでくれたお母さんなのにね」

不自然にゆがめられた環境は亜美を孤独の底に追いやった。

「自分の弱さが情けないけれど、そうでもしないと心が押しつぶされて亜美さえ失ってしまうと思ったんだ、だから写真も残さなかった」

雄一の回想《フラッシュバック》が具現化されて亜美に亡き母の姿を見せた。点滴につながれてベッドに横たわっている亜矢、編み掛けのケープと花瓶にさしたすずらん。長い髪を無造作《むぞうさ》に束ね、大きくふくらんだおなかに手を当てている。

「だけど亜美」

すぐ横にいる雄一を、亜美はひどく遠く感じた。

「これだけは言っておく。亜矢は君が生まれてくることを心から望んでいたんだよ。自分の中に芽生えた小さな命を彼女は何があっても守ると決めていたんだ」

「お母さんは死ぬとわかっていて私を産んだの？」

「え？」

「だって、私を産まなければお母さんは死ななかった……」

「亜美」

「私さえ生まれてこなければ……」

「亜美、それはちょっと違うな」

「違う？」

「おかしいかもしれないけれど僕らは奇跡を信じていたんだよ」

「奇跡？」

「うん、きっと奇跡が起きて亜矢も助かる、赤ん坊も無事に産まれてくるって、心からそう信じていたんだ」

「だったらやっぱり私を産まなければお母さんは」

「いいかい亜美、よく聞いてほしい」

雄一はきっぱりと言った。

「君の命は亜矢が命懸けで守り抜いた命なんだ。彼女は君を産むことを少しも不安に思っていなかった、それどころか生まれてくる赤ちゃんのことを考えて毎日が幸せで幸せでいっぱいだった」

「お母さんが……」

「だからね亜美、自分に誇りを持って生きてほしいんだ」

またも強い力が亜美を動かした。瞬時に引き戻される。吹き抜ける風、群生するすずらんの中で亜美は亜矢と向かい合って立っていた。

「……お母さん？」

無造作に髪を束ね、白いガウンを着た亜矢は亜美の前で身をかがめて言った。

「ごめんね亜美、お母さん頑張れなくて」

「え……」

「寂しい思いさせてごめんね」

「お母さん」

「一緒にいられなくてごめんね」

「いいの」

「たくさんつらい思いさせたわね……」

「もういいの、そんなこと」

亜矢の細い腕が亜美の身体を静かに引き寄せる。

「お母さんね、ずっとあなたに言いたかったことがあるの」

母の胸に頬をつけてかすかに声を出す亜美。

「……私に？」

亜矢は亜美を抱き締めたままうなずくと、優しく潤んだ声で言った。

「生まれてきてくれてありがとう亜美」

亜矢の腕にほんのりと力が込もった。

「生まれてきてくれてありがとう、あなたは私たちの宝物よ」

お母さんの匂い。

亜矢の胸に抱かれて亜美の意識が遠のいていく。薄れゆく意識の中で、亜美は身体の内壁に厚く張り付いていた氷の溶ける音を聞いた。

しばらくすると視界の彼方から足早に近づいてくる雄一の姿が見えてきた。気がつくと亜美はひとり風の吹く原っぱに立っていた。

「何してたんだ亜美」

「お父さん、これなんていう花?」

「ああ、すずらんだな」

カトマンザ

緑のカンファタブリィを囲んで狢とカナデとラッキー、ベイビーフィールがヨーラの上でナンシーのスープを飲んでいる、味付けは孤独《ロンリー》。カナデは亜美のことが、狢は汰央のことが気になっていた。

「汰央はどうしているのかなあ」

目を閉じて意識を集中してみる。

「み、み、み見えない」

「うーん、だめだ。ナンシーには汰央がどうしているかわかる?」

「いいえ、見失ってしまったわ」

「汰央と亜美はここへ来るのかなあ?」

「カプリスに聞いてみたら?」

「そうする!」

駆け出す貉にみんなも続いた。

闇の中から響いてくる声。

「亜美のことなら心配ない」

みんなを落ち着かせるようにゆっくりと話し出すカプリス。

「【デビ】は母親の修羅などではなかったからね。あれは亜美の想念が創り出した邪悪な妄想、いわば亜美自身だ。彼女の心が安定していれば【デビ】も追いかけてはこまい。今頃は街の外れの古い館の暗い廊下の水槽の中だろう」

「汰央は?　カプリス」

「君たちは汰央が気になるんだろう」

みんなが息を詰めているとラッキーが答えた。

「きっ、きっ、き気になる」

「はーっはっはっはっはっはっ」

カプリスが笑った。

狢はカプリスが笑う声を初めて聞いた。

「思い出してごらん、汰央は亜美と途中で接触したね」

「せっせっせ接触」

「汰央はもう軌道に乗っているんだよ」

「ってことは」

「こちらへ向かうルートに入ったということさ」

「じゃ汰央に会えるのね」

「汰央は駅だ」

「駅？」

汰央

両親が事故で亡くなったのは汰央が二歳の誕生日を迎えて間もなくだった。伯母《おば》のハンナは汰央の父親の歳の離れた姉で、伴侶を持たない彼女はたった一人残された汰央を引き取り、札幌で十一年間共に暮らした。だがそのハンナも突然の病禍に見舞われ、儚《はかな》くも尊い六十年の生涯を閉じた。大半を幼児教育に捧げた一生だった。

葬儀が終わり、哉路《かなろ》から来た親類たちに連れられて赴《おもむ》いたのは寿楽園という温泉宿だったが、十三歳の汰央にはいささか退屈な場所だった。よみがえるのはあの夕暮れの駅の忌まわしい出来事。

汰央の生まれ故郷哉路《かなろ》、その駅の鄙《ひな》びた外観と暗い構内。木造の建物は古びていて素っ気なく、どこもかしこもすすけたように真っ黒で、まるで炭鉱みたいだと汰央は思う。だが哉路は石炭の町ではない。名産品のハッカの他にはこれといった特徴のない道東の田舎町だ。命日には必ず哉路に赴《おもむ》いて、汰央の両親が眠る墓前で手を合わせるのが二人のならわしだった。

共に教師だった汰央の両親とハンナは、互いにドイツの教育者フレーベルの思想を敬愛しており、生前は濃密な時を過ごした。さまざまな感情がハンナの胸に去来していたことだろう。帰りは彼女が運営するハンナ園の子どもたちにお土産のハッカあめを買って帰路につく、これが十一年間続いたハンナと汰央の彼岸会《ひがんえ》だ。

哉路はハンナが少女時代を過ごした町でもあった。ハンナの母親、つまり汰央の祖母はロシア人で、ハンナはロシア人の母親と日本人の父親との間に生まれたハーフであり、ゆえに汰央の父親もハーフであるから、汰央はハーフの父親と日本人の母親の間に生まれたクォーターということになる。確かに汰央はそういう顔をしていた。

ハンナは成人するまでロシアと日本を行き来して過ごしたが、大学を出て教師の仕事に就いてから幼児期の子どもの育成に関心を持ち、フレーベルの教育思想に触れて多くを学んだ。そしてその後、札幌に居を定めて私設幼稚園を立ち上げた。

バレエを愛したハンナは、園と長い渡り廊下でつながる小さなレッスン場でいつも楽しげに稽古していたものだ。その奥には二人が暮らしたささやかな住居があった。

園の敷地内にはひまわり畑があるだけだったが市の公園が併設《へいせつ》されており、園児たちは遊び場に不自由しなかった。公園の赤や黄に塗られた土管の中は汰央の恰好の隠れ家だった。ハンナは遅くまで園を開放し、ブリヌイというロシアのパンケーキを焼いて園児や先生たちに振る舞った。汰央はハンナのことを園でも「ハンナ」と呼んでいた。

第一章　新たな訪問者

小学校へ上がる前、汰央六歳の夏、それはハンナ園での最後の夏だった。その日、遊具でこすった傷の消毒に一人屋内に戻ると、誰もいない教室の大きな窓の前にハンナがいた。彫《ほ》りの深い目元に影が落ちて表情がよくわからない。ハンナと呼んだが返事はない。

「園長先生？」

窓の外には重なり合って咲くひまわり。汰央は息を切らしたまま返事のないハンナを見つめていた。すり傷のことなどもうすっかり忘れていた。

いつもハンナは入れ替わり立ち替わりやってくる子どもと触れ合いながら園児たちに細かく目配りしていた。その日も普段と変わらない様子で椅子に座り、優しい目をこちらに向けているはずだった。だが汰央はその時なぜだかハンナがたとえようもなく悲しそうに見えたのだ。そして離れて立っていたにもかかわらず、耳元にはっきりとハンナの声を聞いたのだ。

――私は汰央のお母さんにはなれないの？――

声はいつまでも汰央の耳に残った。

誰かに会う時ハンナは汰央を甥《おい》と言った。ハンナが汰央に「お母さん」と呼ばれることを望んでいたのかどうか、その気になれば確かめることはできたのだが照れが先に立ってどうしても言い出せなかった。互いの真情を披瀝《ひれき》することなく時は過ぎ、汰央はハンナを名前で呼び続けていた。

　葬儀には哉路から親戚たちが集まり、知人が訪れ、園児らの保護者も弔問に詰めかけた。子どもたちが声を上げて泣いている。あらためて汰央はハンナの存在の偉大さを知った。そして自分を責めずにいられなかった。ハンナと過ごした園も住居もレッスン場も思い出がはびこっていてつらかった。児童公園の土管の中で膝を抱えてうずくまった。繰り返しよみがえる忌まわしい出来事が汰央の心を苛《さいな》んでいた。

　あの日、ハンナと汰央は札幌行きの最終列車に乗るために夕方の哉路駅にいた。相変わらず壁も天井も炭鉱みたいに真っ黒だと汰央は思う。どこもかしこも古くて黒い、そのせいか駅構内を照らす明かりがやけにまぶしい。その黄色い光を見ると汰央はいつも思った。実はこの暖かそうな黄色い光の中には小さな子どもたちの国があって、光に包まれた子どもたちはみんな仲良く楽しそうに遊んでいる。なぜならこの光は「幸せの粒子」でできているからだ。泣いている子はいない、寂しい子も悲しい子もいない。光の国の子どもたちはみんなパジャマを着て幸せそうに笑っている。

　頭の中でそんな想像をふくらませながら跨線橋《こせんきょう》の階段を上がるハンナの後ろを歩いていた。あと数段という時だった。不意にハンナが立ち止まり、胸を押さえて前かがみになっている。

「ハンナ？」

のぞき込んだハンナの顔色はすでに健康な人のそれではない、蒼白になった顔面に汗が浮き、唇が紫色に変わり出していた。

「ハンナ！」

汰央はハンナを支えようと後ろから両脇に手を添えた。身体を回して階段に座らせようとしたのだ。しかし慌てた汰央の足は踏ん張ろうとして空《くう》を蹴った。ガクンと身体が傾《かし》いだ。重力に逆らえず階下目がけて落ちようとする汰央の身体をものすごい力で引き戻す手があった。ハンナが梃子《てこ》のように身体を使って汰央のジャンパーをつかみ上げ、自分は背中から転がり落ちていったのだ。反動で勢いがついたハンナの身体は持っていたお土産のハッカあめと一緒に三十段くらい落ちた。汰央が駆け寄った時、薄く開いた目は濁《にご》って動かなかった。

「ハンナ……」

くらくらになった首を支えて身体を揺すった。

「ハンナーーー！」

人が通りかかって何か喋っていたが耳に入らなかった。しばらくして駅員が一人来た。

「どうしたっ……」

駅員はハンナを見て血相を変えた。

「母が、母が倒れたんです！　早く助けて！」

不思議なことに大きな傷はなく、あんなに苦しそうだったのに死に顔は安堵しているようにに安らかだった。そして汰央がハンナを母と呼んだのはそれが最初で最後だった。急性心不全だった。

亜美

静寂の中で風の形が見える。亜美は誰もいないすずらんの原っぱに横たわっていた。風にそよぐすずらん。幾つかのことが不連続線のように通り過ぎていった。亜美は肥沃《ひよく》な土の匂いと共に身体の内側から湧き上がってくる力を感じていた。それは崇高さや気高さなどではなく厳粛な何かでもない。ただひたすらな気力のようなものだ。生への手堅い動機といってもいい。

風にあおられ驟雨《しゅうう》に打たれ、ようやく雲は切れた。心の奥に芽生えたばかりの誇り《プライド》を抱いてゆっくりと起き上がる。母の死と父の死、すずらんの原っぱで優しく強く母に抱かれた感触。そして父が語った母の想いもすべて、胸に刻んで立ち上がる。

ありがとう、お母さん。

九歳の少女の小さな身体に収まり切れないほどの感慨を秘めて、目の前に広がる原っぱを一歩ずつ進んでいく。

私を生んでくれてありがとう。

亜矢と雄一の愛が大地を取り巻いている。

§

栗林に差しかかった亜美は前方に低い枠組みのある池を見つけた。池の周りにはアヒルがいた。珞と来た時は夜だったが今は朝の光がまぶしい。【デビ】などもう怖くはない。

亜美は身体の芯から力が湧き上がってくるのを感じていた。だが通り過ぎたアヒルの顔は驚異だった。笑っているようにも見える黄色いくちばしと真っ赤にふち取られた青い目。上目遣いにこちらを見る顔はまるでアニメに出てくる怒ったアヒルのよう。アヒルに表情があることの恐ろしさにたちまち凍りつく。アヒルは小さく――【デビ】――と鳴いた。押し寄せる恐怖に思わず目を閉じる亜美。

お父さんお母さん私を守って。

そっと目を開けると、アヒルの【デビ】は「ただのアヒル」になっていた。ほっと息を吐く亜美。

もう怖がらない。

亜美は何かを試されていると感じた。

もっと強くなりたい。心の底からそう思った。そして身の周りで起こることすべてがどこかにたどり着くための行程《プロセス》なんだと確信した。

どこか、それがきっと狢の言っていたカトマンザという所なんだ。

カトマンザ

「まだ土管の中にいる?」

「まだいるねぇ」

ラブドームでMr.荻と雪花菜ばあやが話している。ジギーも一緒だ。ジギーの羽には時々Mr.荻が手を入れる。節くれのような足の爪も切ってもらってジギーは見違えたように小綺麗になる。雪花菜ばあやに好物のひまわりの種をもらっておいしそうに食べている。

「強い縛りでなかなかあの土管から出られないようだね」

「なんとかここを見つけてくれるといいんだけど」

雪花菜ばあやと話すＭｒ．荻の方からしきりに聞き慣れない音がしてくる。ジギーの首が傾いているのはそのせいだ。貝殻をこすり合わせているようなこの音、コリコリコリ……。

「彼ならきっと大丈夫、あの女の子と一緒にやってくるでしょ」

「待ち遠しいなぁ、腕が鳴るよ」

コリコリコリ……。

汰央

円く切り取られた景色、穴の向こうに見える乾いた地面。いつしか夜が明けていた。縮めていた身体が痺《しび》れている。小さい頃快適だった土管の中はずいぶんと手狭になり、腰をかがめて入ったものの、身体中が痺れてすぐには動けなかった。早朝の公園にはまだ人の気配はない。ようやく腕と脚に感覚が戻り窮屈な土管から出ようとした汰央は、突如まばゆい光に包まれた。閃光《せんこう》の中で地面に着いたはずの足に妙な感触を覚えて顔を上げると、そこは公園ではなかった。見覚えのある置き時計と革張りの椅子、ドガの絵。意識の底に潜伏する懐かしい光景。

ここは……父さんの書斎だ。

二歳の頃の記憶が汰央にはある。断片的だが側頭連合野を介して前頭葉に流れ込んでくる改竄《かいざん》のないデータだ。

もしかして過去にワープしたのか？　ただ何もかもが少しずつ大きい。部屋全体が三十パーセント増しで大きいのだ。理由はすぐにわかった。

これは赤ん坊の時の視野なんだ。

「触っちゃだめよ」

幼い汰央に誰かが駆け寄る。

「触っちゃだめよ、汰央」

汰央の身体に優しく手を添える。

母さん？　やっぱり過去にワープしたんだ！

第一章　新たな訪問者

するとまたまばゆい光と共に景色が変わった。大きな鏡と壁に巡らされたバー。ここは、ハンナのレッスン場だ、あれは母さんとハンナか？

絵の中の踊り子のように軽やかに踊っているのは汰央の母親だ。だが状況を把握する間もなく三度《みたび》閃光と共にワープする汰央。足元がひんやりした。円い穴の向こうの見慣れた景色。

どうやらまた土管に戻ったらしい。

即座に自分の身体に目をやる汰央。

よかった、赤ん坊じゃない、でもここを出たらまたどこか別の過去へワープするのかもしれない。

それでも前に進みたいと思った。汰央はいつからか自分のすぐそばに寄り添うようにしてある大きな力を感じていた。その目に見えない力が汰央を行くべき方向に導いてくれると感じていた。手堅い確信が汰央を動かす。膝に力を込めて一歩外へ踏み出すと、閃光《せんこう》と共にフラッシュバックが起こり、全身がまばゆい光に包まれた。

目を開けると見知らぬ夕暮れの空き地に立っていた。地平線の彼方には点々と街の明かりが灯り出し、パノラマのような景色が広がっている。寂莫《せきばく》たる夕暮れ、サラリーマンたちが仕事を終える夕方五時。若く美しい妻たちは夕暮れ症候群にかかり離乳期の赤ん坊は憤《むずか》る。生きとし生けるものが憂鬱になる夕暮れ時、妖怪人間が動き出すのもこの頃だ。

……一体、ここはどこなんだ。

ふと見ると遠くに灰色の土管が幾つか重なっており、その上に男が一人座っている。弾かれたように歩き出す汰央。男の背広はくたびれていた、少なくとも汰央の目にはそう見えた。冴えない会社員を絵に描いたような後ろ姿、いや、絵に描いたというより絵そのものだ。頭部と胴体の比がマンガのそれだった。薄っぺらい背広の下の貧弱な身体、髪はマットな黒で、きっちり九対一に分けられている。振り向いた男の顔に思わず息を呑む汰央。

タコ？

突き出た広い額の下にとろんと張り付いた大きな目玉。目玉と目玉の間には動物のように潰《つぶ》れた小さい鼻が付いており、両方の穴から三センチずつ鼻毛がはみ出している。ガマグチを逆さにしたような顎《あご》、つながった大きな前歯、顔の半分がおでこだ。額には二本の短い皺がある。両目が顔からはみ出していてまるでトンボかタコだ。言葉が出なかった。男は汰央に気がつくと不器用に土管から下りた。足元には古びたアタッシュケースがある。

「何してるんですか？」

問いかけは口から出ると唐突な感じになって、汰央はちょっと狼狽した。でも男はそんなことはまったく意に介さぬ様子で穏やかに言った。

「待ってるの」

「誰を？　ですか？」

「人じゃなくてね」

男は地面に立つと汰央よりもずっと小さかった。見上げた視線を少しそらして遠い目をした。そして息を吸い込むと決心したように一気に言った。

「もうすぐここに汽車が来るんだ」

「ここって、ここに？」

まさかと思った。線路どころか道すらない。ところどころに雑草の生えた空き地は雨が降ればぬかるむような土の地面だ、どうやってここに汽車が来るというのか。

銀河鉄道でもあるまいし……

「アニメみたいだよね」

ビクッとするタイミングだった。

「こんな所に本物の汽車が来るわけないからね」

口ごもる汰央にイラつく様子もなく、一貫して穏やかな口調で男は続けた。

「でも本当なんだよ。僕はそれに乗るためにここでこうして待っているんだ」

「その汽車でどこへ行くんですか?」

「エルドラド」

「エルドラド?」

「そう、生きてる必要のないようなどうでもいい人間でも、そこへ行くと幸せになれるんだ」

パノラマの街が細長く光っている。冷たい空気がとっぷりと日の暮れた土管の周りを取り巻いている。

どのくらい時間が経っただろう、その男は「ダメおやじ」と名乗った。同僚からエルドラドの話を聞き、家族にも告げずに行くのだと言う。汰央は哉路での出来事や母親代わりの伯母の死、その面影が色濃く残るハンナ園がつらくて公園の土管の中にいたらいつの間にか空き地へ出たこと。二歳の頃にフラッシュバックして亡き母に会ったことなどを掻《か》い摘《つま》んで話した。するとダメおやじは驚くどころか深くうなずいて、やはり土管は異次元につながっている、まさに楽園の入り口だと言って興奮した。と、その時ダメおやじの肩越しに近づいてくるかすかな光が目に入った。光は見る間に迫ってきた。

「汽車だ……」

信じられないことにそれは本物の汽車だった。

カトマンザ

「エルドラドなんてところはどこにもないかもしれないよ」

　姿のないカプリスの声。

「それじゃあのおじさんは誰なの？」

「心配しなくても大丈夫よ」

　ナンシーが闇を意識しながらカナデに言った。ベイビーフィールにはカプリスが微笑んだのがわかった。

「ねぇカプリス、あのおじさんはいい人なの？」

「もちろんさ」

「……よかった」

「だいたい生きてる必要のない人間なんてこの世にはいないんだよ」

「え、そうなの？」

「そうだよ狢、もしそうなら最初から存在していないからね」

「あ、なるほど」

「それにね、ダメおやじはチケットを持っていないと思うんだ」

「チケットって？」

「エルドラド行きの切符さ」

「切符がないと汽車に乗れないの？」

「うん、でもきっと汰央が持っているよ」

「汰央が？　なぜ？」

「彼にはその資格があるからね。彼はここへの道筋《ルート》を見つけるためにダメおやじと出会ったんだから」

「ダメおやじって一体誰なの？」

「彼は汰央の両親の愛が創り出した水先案内人なのさ」

汰央

それは正真正銘の汽車だった。しかもモクモクと白煙を上げて近づいてくる六両編成の蒸気機関車だ。プラットホームで見るのと違い地上で見る汽車は巨大で、ひとけのない空き地に悲しくなるほど場違いな図体《ずうたい》を曝《さら》け出していた。やがて汽車は呆然《ぼうぜん》とする汰央の前で冗長《じょうちょう》な摩擦音を立てながら停止し始めた。車内にはほとんど人影がないように見えたがどこからかしきりに叫ぶ声がする。

「……やく早く、乗るなら乗って」

「九十秒！　九十秒しか停まらないから！」

サラリーマン風の男が三、四人、窓際に張り付いているのが見えた。ふと見ると、Yシャツ姿になったダメおやじが上着を持って狂ったように振っている。

「どうしたんですか？」

驚いて汰央が聞く。

「ないんだ、切符がないんだ」

内ポケットに大事にしまっておいたはずの切符がどんなに探してもないと言う。

「切符がないと汽車に乗れない」

列車はまさに九十秒間の停止をし始めた。

「どうした、切符がないのか？」

「君たち乗らないのか？」

窓から首を伸ばしてサラリーマンたちが叫ぶ。その時、通り過ぎた車両から奇声を発して男が一人走って来た。

「ぎゃわわわあ、雨野さああああん」

「……その声は屑《くず》山さん」

「雨野さあああん、行きましょう、一緒にエルドラドへ！」

「屑山さん、乗ったんですね、よかった。僕は切符を失くしちゃったみたいなんです」

「えええー、そんなあ！　嘘だ嘘だ、一緒に行こうってあれほど約束したじゃないですか！」

「すみません屑山さん、そりゃ僕だって乗っていきたい、でももう無理だ。屑山さんだけでも行って幸せになってくださいっ」

「ダメだダメだ、雨野さんダメだ！」

二人のおやじの声を掻き消すように汽笛が夜空に轟《とどろ》いた。束の間の眠りからさめた列車は下方から地を這うような真っ白い煙を吐くと、鋼鉄の車輪を鈍く軋《きし》ませながら動き出した。

「ああ、もう何もかもお終いだ」

「雨野さん諦めちゃダメだ、おわあああっ」

第一章　新たな訪問者

屑山さんが窓から落ちそうになるほど身を乗り出した。

「おい君、そこの若者！」

僕のことだ、と汰央が思った時初めて左手に何か握っているのに気づいた。

「何してるんだ、乗らないのか？」

乗らないのかと言われても、自分がなぜ切符を握っているのかさえわからない汰央の足は棒立ちのまま動かない。列車は進み出していた。

「君！　その切符譲ってくれ」

不意に屑山さんの声に突き動かされたように汰央が言った。

「は、はいっ、ダメおやじさん早くこれで」

「えっ、いいの？　君は乗らないのかい？」

「いいから早く、早く乗ってください！　汽車、行っちゃいますよ、さあ」

「あ、ありがとう、代わりにこれ、さっき背広のポケットから出てきたんで」

ダメおやじは汰央の持っていた「エルドラド行き」と書かれた切符をしっかりと握りしめ、代わりに汰央の手に何かを握らせた。ダメおやじが飛び乗ると、列車は待っていたかのように一気に加速した。そして徐々に地上を離れ、浮上しながら闇の彼方へと吸い込まれていった。

土埃《つちぼこり》が低く渦を巻いている。空き地はしんと静まり返った。ダメおやじの座っていた土管がなくなっている。アタッシュケースもない、もちろん汽車が通った跡も。

「夢か……」

静寂の中ですべてが闇に消え去った。夜風が背後から皮膚をなでていくと汰央はにわかに現実に引き戻された。振り向くと見慣れた公園の景色があった。ただ一つ、手の中に握り締めていた紙切れだけが一連の出来事の実際性を裏付けていた。

紙切れは四つ折りになっていて、広げるとひょろ長い長方形になった。「バラとハワイランド」と書かれている。それがなんの名前なのか汰央にはわからなかった。「入場券」=大人一日券=と書いてあり、点線で切り離せるようになっている、しかも未使用。

バラとハワイランド？　入場券というくらいだから遊園地か何かかな？　もしかすると入る時にチケットが見つからず、ダメおやじだけ入れなかったのかも知れないな。

気だるい疲労感に襲われながら思案する汰央。

彼らはエルドラドへ行き着けただろうか？　ダメおやじや屑山さんの家族は心配して探すだろうか？　会社は？　警察は？　彼らはそこへ行って本当に幸せになれるのだろうか？　いやそれよりも、エルドラドなんて場所が本当にあるのだろうか？

汰央はめまぐるしく考えながら猛烈な眠気に襲われていた。抗《あらが》うことはできなかった。

亜美

辺りは竹林《たけばやし》。梢は空に向かって遥か上まで伸びており、亜美の視線は届かない。周りはすずらんの原っぱからいつしか風雅な竹林に景色を変えた。もう珞の声も聞こえない、汰央もいない。

一体ここはどこなんだろう？

それでも小さな胸の奥に以前のような不安はなかった。いつからか亜美は行くべき方向へと自分を導いてくれる不思議な力を感じていた。珞でも汰央でもない、大きくて安心できる未知の存在をしっかりと感じ取っていた。

陽射しがうっすらと地面に届き、鳥たちが愛らしく囀《さえず》っている。竹林は亜美に冷たい湧き水やアケビに似た青い果実を振る舞ってくれた。空が茜色に染まると竹林も色を失った。だが性急な夕闇さえ亜美を不安にさせはしなかった。空の赤、そして姿の良い竹たちが作り出す黒い影《シルエット》は繊細な切り絵となって亜美の目の前に郷愁的《ノスタルジック》な幻想世界を繰り広げた。

とっぷりと暗くなり涼やかな風が吹いてくると、前方に明るい光が見えた。光の源は闇の中にぽつんと立つ小さな建物だった。四方を障子で囲まれており、障子戸の内側には煌々と明かりが灯っている。中に誰かいるとわかっても恐怖は感じなかった、そこには邪悪など存在しないことを亜美は知っていた。近づくとスーッと戸が開いた。煌《きら》びやかな着物が畳の上で裾を広げている。

「亜美」

名前を呼ばれたが驚かなかった。

「竹林を気に入ってくれたようですね」

小さくうなずく亜美。

「こちらへ来てお座りなさい」

亜美は言われるままに階《きざはし》に足をかけ、部屋に上がって座った。

「よく来てくれましたね」

清らかな声が語りかけた。

「私《わたくし》の生まれた竹林をあなたに見せたかったのです」

その竹林は闇にまぎれ、さっきまで見ていた光景はあたかも幻だったとでもいうように、優雅な残像を亜美のまぶたに焼き付けたまま闇に沈んで音沙汰もない。

「亜美、かぐや姫のお話をしてくれませんか？」

「かぐや姫？」

「そう、亜美の憶《おぼ》えている通りで構いません」

亜美はうつむくと、幼い頃の記憶をたぐるようにしてしばらく視線をさまよわせていたが、決心したように顔を上げて話し始めた。

「昔々あるところにお爺さんとお婆さんがいました。お爺さんは毎日山へ竹を取りに行きます」

傀儡《かいらい》のように話し出す亜美。

「ある日、お爺さんが山で竹を切っていると、遠くで何かが光っています。なんだろうと思って近づいてみるとそれは一本の光る竹でした」

どういう仕掛けか亜美が話すことを部屋の障子が映し出す。

「お爺さんは不思議に思ってその竹を切ってみることにしました。するとどうでしょう、竹の中から可愛い女の赤ちゃんが出てきたのです。驚いたお爺さんは赤ちゃんを連れて急いで家に帰りました。そしてお婆さんに見せました。お婆さんも赤ちゃんを見てびっくりしました。でもお爺さんが光る竹のことをお婆さんに話すと、お婆さんは、きっと子どものいない私たちに神様がさずけてくれたのでしょうと嬉しそうに言いました。こうして竹の中から出てきた赤ちゃんは、優しいお爺さんとお婆さんの家ですくすくと大きくなり、やがて綺麗な娘になりました。お爺さんとお婆さんは娘にかぐや姫という名前を付けました。かぐや姫の噂はたちまち村中に広まりました。村人たちは美しいかぐや姫をひと目見ようと……」

そこまで話してハッとする亜美。

「あ、あの、もしかしてかぐや姫なの？」

「驚いたでしょう」

「うん」

「ずっと亜美を待っていたのです」

「どうして？」

「あなたに私《わたくし》の話を聞いてほしかったのです、かぐや姫の本当の話を」

そして真っすぐに亜美を見ると、

「亜美は私《わたくし》に聞きたいことはありませんか？　あったら遠慮なく聞いてください」

不思議なことはたくさんあった。いくら考えてもわからないことも。

「ええと、かぐや姫はどうして月へ帰ってしまったの？」

かぐや姫はしげしげと亜美を見て言った。

「よく聞いてね亜美、この世にはどうしても避けて通れないことがあるのです。運命は変

えられても宿命は変えられない。どんなに一緒にいたくても、離れたくなくても、私《わたくし》には
そうすることができなかったのです」

「本当に月へ帰ったの？」

「いいえ、月へは行っていません、だって月には住めないもの」

かぐや姫が笑っても亜美の目は真剣だった。

「じゃ、どこに行ったの？」

「時空を超えて反対側の時間へと戻ったのです」

「反対側の時間？」

亜美の目が点になる。

「どうして竹の中にいたの？」

「あの竹は時空の入り口なのです」

「じくうのいりぐち？」

「そう」

「ふうん」

そして少し間をおいてからおずおずと尋ねた。

「本当のお母さんはいる？」

かぐや姫は亜美の問いかけに思わず口元をほころばせた。

「ええもちろん、私《わたくし》にも本当のお母さんがいます。母が産んでくれたお陰でこうして生を享けたのです。ただ私も母を知らずに育ちました」

静かな月夜の竹林で亜美は、絹のような長い黒髪を持ち、鮮やかな十二単《じゅうにひとえ》に身を包んだ麗《うるわ》しいかぐや姫の隣に座っていた。

「母は自分の命と引き換えにこの世に私《わたくし》を産んでくれました。産んですぐ天に召されてしまったのです、あなたのお母様と同じように」

じっと聞き入る亜美。

「母は大層美しい女性だったらしく、年頃になると何人もの男性が家に押しかけてきたそうです。ですが自分の外見に魅《ひ》かれて近づいてくる男性には興味が持てません。私《わたくし》の父は目が見えないのです。学問が好きで書物を読み聞かせてもらいながら勉強し、目は見えなくても父は大変博学でした。母はそんな父と出会って心惹《ひ》かれ、二人は人里離れた竹林の中で仲睦まじく暮らし始めたのです」

そこまで話すとかぐや姫はうつむいた。

「やがて母は私を身ごもりますが、その時すでに母の身体は病に侵されていたのです。白血病という病気は当時不治の病でした。母は自分の命と引き換えに私を産んでくれました、でも盲目の父には赤ん坊を育てることはできなかった。父は悲しみと絶望のふちで途方に暮れるばかりでした、闇の中に一条の光を見るまでは」

静まり返った部屋の隅にうずくまる男の姿を障子が映し出した。赤ん坊を抱える盲目の父親を亜美は祈るような気持ちで見つめた。

「父は誰もいない夜中の竹林を乳呑み児の私を胸に抱いて歩き回りました。歩き続けるうち赤ん坊の泣き声はだんだん弱っていき、言い知れない恐怖が父を襲いました」

やせた男が竹藪の中をさまよっている。粗末な着物に擦り切れたわらじ、不精《ぶしょう》ひげ。だが顔立ちは整って秀麗、ただしその目は何も映さない。男は全盲だった。布にくるんだ赤ん坊を守ろうとして抱きかかえる腕に渾身の愛がたぎっている。助けを乞《こ》うようにかぐや姫を見る亜美。

「父にはどうしても諦められないことがありました。母が命を懸けて生んだ赤ん坊の命をつなぐことです。母の願いと、宇宙を揺るがすほどの父の愛、父は見えない目で天を仰ぎ一心に祈ったのです。どうかこの子の命だけは救ってくださいと祈って祈って祈り続け、とうとうその祈りは天に通じました、奇跡が起きたのです。目の見えない父が一条の光を見たのです」

障子が光る竹を映し出した。竹は盲目の父親を呼び寄せると潔《いさぎよ》いように斜めに割れた。

父親は赤ん坊を持ち上げ何度もキスをした。そしてあふれんばかりの愛を込めて光る竹の切り口に赤ん坊を置いた。竹は承知したというようにひと際まばゆい光を放ち、そのふところに赤ん坊を呑み込んだ。

清麗とした竹林、鉈《なた》を持って歩いているのは竹取りの翁《おきな》と呼ばれる造麻呂《みやつこまろ》である。造麻呂は野山に入って竹を取り、細工物を作って暮らしを立てていた。

ある日翁は今まで足を踏み入れたことのないような竹薮の奥深くに分け入り一本の光る竹に出くわした。近寄って切ってみるとなんと、竹の中には可愛らしい赤ん坊が入っていた。

§

光に呑み込まれた赤ん坊を見届けた父親は再び盲目となって一人きり、深い竹薮でひっそりと生きていた。赤ん坊を置いた場所がわかるよう石を積み上げ、妻の墓と光る竹との間を行き来して二十年が過ぎた。艱難《かんなん》の歳月を経て父親はすっかり年をとった。

「でも」

かぐや姫は声を震わせて言った。

「でも父は生きていたのです、二十年間たった一人で。帰るチャンスはあの日しかありませんでした。これまで育ててくれたお爺さんお婆さんと別れるのはつらかったけれど、命懸けで私を愛してくれた父の元へなんとしても帰りたかったのです」

天の知らせで父の無事を知ったかぐや姫は光る竹を探して盲目の父親の元へ帰ることを固く決心していた。だが竹取の翁夫婦に本当のことは言えない。二人の心を傷つけずに去るにはどうすればよいのか。

「或る夜、私は美しい満月を見て思いついたのです」

月の使いも天人も、すべてはかぐや姫が心に思い描いたこと。

「二人にお別れをするための幻《イリュージョン》だったのです」

彼女の翁夫婦を思う気持ちが月世界という空想ロマンを創り上げた。天の羽衣をまとった姫は新たな旅立ちを装って二人の元を去る。集まった人々が空飛ぶ車を見上げているうちに羽衣をひるがえして竹藪へと走った。

一本の竹が光を放っている。それはまぎれもなく二十年前に翁が見つけたあの光る竹だった。そしてこの竹こそが時空をつなぐトンネルだった。

亜美は言葉もなくかぐや姫を見つめていた。「時空の入り口」とかぐや姫は言った。赤ん坊は時を超えて反対側の世界へと誘《いざな》われ、盲目の父親の元から竹取りの翁《おきな》夫婦の元へワープした。二十年の月日を経て再び盲目の父親のいる世界へ戻ったかぐや姫、彼女は愛の羽衣をまとい時の旅人のように母にもらった命を生きたのだ。

「それから亜美、私が最後のお別れにお爺さんとお婆さんに差し上げたのは不死の薬ではありません。山のはずれの大きな白樺の木、その幹に着生するとても珍しいキノコをプレゼントしたのです。ロシアでは「クローチエ」と呼ばれるそうです。それを山の頂で燃やしたのが始まりで、今ではその山は不死の山＝富士の山と呼ばれているそうですね。ですが確かにあのキノコは不死の薬だったのかもしれません。だって、お爺さんとお婆さんは物語の中で永遠に生き続けているのですから」

汰央

静けさに目が覚めた。奇妙なことが次々と起こり流れ星のように降りかかってくる。目覚めるたび違う景色の中にいる。しかし汰央はもうそんなことには動じなかった。寝そべっていたのはプールサイドのデッキチェア。天井が高い。

今度はどこに来たんだろう？

誰もいないプールは殺風景で廃墟のようだ。建物は広く、縦横に伸びている、言わばプール付きのレジャーランドというところだろうか。

そうかあの券だ、確か入場券がポケットに……

出てきたのは半券だった。バラとハワイランドと書かれているが、バラどころか花一つない。かつて椰子の木だったと思われる植物が枯れて橡色《つるばみいろ》の葉を垂れているだけだ。

やはりここは廃墟なのか？

プールはなんのためにかまだその巨大な水槽の中に充分な水を湛《たた》え、じっと誰かが来るのを待っているようだ。期待に応えてつま先を入れた途端、

「うっ……」

頭にキーンと響くほどの冷たさに汰央は寒々として足を上げた。

外は明るく真昼のようだ。廃墟と化した古《いにしえ》のレジャーランドに燦々《さんさん》と射し込む陽《ひ》の光は閉じ込められた空気を斜めに穿《うが》ち、廃《すた》れて色を失った床や壁を赤裸々に映し出す。陽光の筒の中で細かい塵《ちり》がゆっくりと回転している。汰央がその真空のような風景の中で一歩足を踏み出した途端、こめかみが音を拾った。全神経で出どころを探る汰央の視線の先に螺旋階段があった。音はそこから聞こえてくる。

下？

近寄ると湿り気を帯びた塩素臭が漂ってきた。そして階段を下りる汰央の目に飛び込んできた予想外の眺め。冷たいプールとは一転し、あざやかな色をした遊具、青々と茂る椰子の木、波に乗る親子、ジャグジーでくつろぐ男女、大勢の人であふれている。七色に分かれた虹の滑り台で歓声を上げる子どもたち、曲がりくねった太いパイプの中を人が流れていく。光と水が創り出す網目模様が天井や壁に揺れながら映っている。その様子を階段から俯瞰《ふかん》する汰央。すると突然、スイッチが切れたように音が消えた。次の瞬間何かが横を通り過ぎた。背中を丸めたひどく顔色の悪い男。前かがみに顎を突き出し胸の前で両手を縮めている、その様子はまるで、

河童？

男は階段を上がり、あっという間にさっき汰央がつま先を入れた冷たいプールの前に立った。そして間髪入れずに飛び込んだ。その秩序《ちつじょ》のない飛び込み方で身体の大半が水面にぶつかる大きな音がした。汰央は唸《うな》った、水の冷たさを知っていたからだ。間もなく男は顔を出し、ふらふらと泳ぎ始めた。ほっとする汰央。あの冷たい水の中にいきなり飛び込んで心臓麻痺を起こさないだけでも奇跡だった。だがその直後、男は忽然と消えた。目を凝らして見ても男の姿はどこにもなかった。水は透き通っている。静まり返ったプールサイド。不可解なことばかり……、そう考えてハッとした。

もしかしたらあの男、階下《した》へ行ったのかもしれない。

踵《きびす》を返し螺旋階段に戻る汰央。だが悲劇、いや惨劇はすでに始まっていた。

階段を下りるとそこには椰子の木が揺れ花が咲き乱れる楽園が広がっていた。そして次の瞬間、汰央はあっと小さく叫ぶほど驚いた。

ハンナだ！　ハンナがプールにいる！　あの小さいのは、あれは僕か？　これも過去なのか？

白い水着のハンナ、水の中でたわむれる二人。ハンナにしっかりと抱きかかえられた小さな汰央、泳ぎを教えているのか両脇をつかんでザブンと水に潜らせている。幼い汰央は楽しんでいるらしく手足をバタつかせてご機嫌だ。近寄るとハンナもこちらを見た。

「そこの人！」

後ろで係員の声がした。

僕？　いや違う。

「さがってください、危ないからさがって！」

どこからか叫び声がした、辺りが急に騒がしくなり汰央は喧騒に取り巻かれた。遠くに警官がいる。

何かあったんだ！

それは目を疑うような光景だった、虹色の長い滑り台の下で、さっきの薄気味悪い男が刃物を振り回していた。

いた！　やっぱりあいつだ、河童男だ。

身体の脇に小さな男の子を抱えている、そのそばで誰かが腹から血を流している。

父親か？　いや違うな、助けようとして刺されたのか？

人々が叫び出す。すでにハンナと幼い汰央の姿はない。河童男は滑り台の降り口に立ちはだかって包丁のようなものを振り回している。係員が呼び掛けると狂ったようにわめいた。

「うるせぇバッキャーロォー！」

高さ二十メートルはありそうな虹の滑り台の下で、捕まっている子どもの母親が警備員に押さえられている。男の子は四、五歳くらい、河童男の腕の中で意識がないのかぐったりしている。汰央は滑り台の上に誰かがいるのに気がついた。

多分あれが子どもの父親だ。

警官が河童男に近寄って呼び掛ける。

「子どもを放しなさい！」

「うるせぇ！　こっち来たら坊主ぶっ殺すぞ！」

「おとなしく子どもを放しなさい」

河童男がわめく。

「うるっせぇ、ぶっ殺すぞ！　みんなぶっ殺す」

人は極限に立たされた時どんな行動に出るのだろう、何より大切なものが危険に晒《さら》されたら……、汰央には想像できなかった。そして目を疑うようなことが起こった、子どもの父親と思われる男が宙を飛んだのだ。二十メートルの高さから河童男目がけて飛び降りたのだ。

思い出したよハンナ。

幼い記憶に刻み付けられた物語が今鮮明に蘇る。

あれは確かつきのわぐまの話だったね。

椋鳩十《むくはとじゅう》の『月の輪グマ』は、人間に追い詰められた子熊を助けようとした母熊が、身の危険もかえりみず高い崖の上から滝壺目がけて飛び下りる話で、ハンナと何度も読んだ思い出深い本だ。懐かしさが汰央の脳裏をよぎっていった。

亜美

「カトマンザ？」

亜美が問い返す。

カトマンザって確か珞も言ってた。

かぐや姫の父親は説き聞かせるように言う。

「光る耳、緑色のソファ、巨大な目、赤い鳥、温かいスープ」

「スープ？」

「光の方へ向かって行きなさい、明かりが見えたらそこがカトマンザ」

見えない目が亜美をしっかりととらえて語りかけてくる。

「母の胸のように安らげる場所、取り巻く闇はさんざめく星空となって悲しみを癒やすだろう。カトマンザは君を愛する者たちの聖の粒子でできている」

「せいのりゅうし？」

「そう、聖なる粒子。君は万物に守られている、心の声に従いなさい」

年老いた盲目の父親は、亜美にはまるで仙人のように見えた。

時空の入り口となった竹の切り株のそばには石を積み上げただけの粗末な墓があった。その墓の前で亜美はそっと手を合わせた。二人の住む母屋《おもや》は竹林にひそむ何者かが知らぬ間に作ったというが、その設《しつら》えは丹精で小洒落ていた。姿を見せない彼らは衣服や食べ物まで置いていくのだという。

「青い果物？　それはきっとウタシロの実のことですね」

張り出した屋根の下の縁台には新鮮な果物が並べられていた。果物を食べながら亜美はここに来た時に感じたことを思い出していた。初めて足を踏み入れた時に吸い込んだすんなりとした青竹の香り。仙人の言う聖の粒子とはこういうものなのかもしれない。

「心の奥の思い出の部屋、そこには貴い愛が息づいていることをいつも忘れずにいてください」

亜美はかぐや姫の言葉を胸に刻んだ。

竹林はいつしか消え、周りには果てしない薄闇が広がっていた。その白んだ闇の中をひたすらに亜美は歩いた。歩きながら夜が明け、束の間の朝が来ても、せっかちな夕闇が下りてきてたちまち夜になる。明るい時間はとても短いのだ。

やがて亜美は暗がりの彼方に小さな光を見つけた。それは、たとえるなら夕暮れの家の窓に灯る明かりのように暖かな色をした光だ。亜美は光に向かって歩き続けた。そして斜《はす》交《か》いから歩いてくるもう一つの影を見た。

　汰央と亜美はドアの前のまばゆい光の中に立っていた。二人の脳が大量のアドレナリンを出している。光はドアの上の壁に生えた一対の耳からあふれ出していた。だがそれ以外のすべては闇に沈み、形さえわからない（もし形があるならばだが）。汰央は分厚いドアに手を掛けた。狢、カナデ、ラッキー、ベイビーフィール、ナンシー、そしてカプリス。みんながどれほどこの勇気あるトリッパーたちを待っていたことだろう。

「つ、つ、ついにき、き」

　とうとうたどり着いた。とうとうカトマンザにやってきた。何度も打ちのめされながら乗り越えた幾つもの局面。とにかく、それぞれが今までにないほどの思い入れでこの二人のトリッパーたちを迎え入れたことだけは確かだった。

第二章　同憂の士

カトマンザ

レグナの耳がトリッパーたちを導く。普段レグナは聞こえてくる音や声にじっと耳を傾けているだけだが、誰かがカトマンザを探してトリップし始めるといち早く察知して発光する。そしてトリッパーが来る時にだけ出現する分厚いドアの上で内側と外側の両方に向けて煌々《こうこう》と光りながら、カトマンザの場所を知らせる糸口光《クルー・ライト》を放ち続ける。その光はトリッパーたちにとって最強の手懸かり《ナビ》となるのだ。

「ようこそカトマンザへ」

ナンシーが冷静に言った、はずだったがベイビーフィールだけはナンシーの頬が紅潮するのを見のがさなかった。

「こんばんは」

と汰央が言った。「こんばんは」とはカトマンザに来たトリッパーが最初に口にする言葉だ。いつもトリッパーは夜にやってきて朝を迎える。なぜならカトマンザの朝は短く昼はなく、大半が夜だからだ。その長い夜は安らぎに満ち、心躍る興奮や高揚感《エレベーション》をたっぷりと堪能するだけの容量《キャパシティー》を持っている。高揚感《エレベーション》は人間の持つ優れた性質だ。好奇心が呼び起こす高揚感《エレベーション》は落ち込んだ心に希望をもたらし疲弊した命を刷新する。それはカトマンザの主要な特性の一つでもある。

「こんばんは」

亜美が言うと、狢もプシプシプシプシと足音を立てて二人に近づいた。

「こんばんは、二人ともよく来たね」

亜美が狢をじっと見る。

「狢？」

「うん」

狢はかなり照れて太いシッポをぶんぶん振りながら答えた。

「あの時は助けてくれてありがとう」

「いやそんな、一緒にいれなくてごめんね」

「いいの、狢が来てくれてすごく嬉しかったから」

狢はいよいよ照れてぶんぶんとシッポを振った。

「そ、そんなにふ、ふ振ったらも、も、ももももげる」

カナデはサファイアのような瞳で汰央と亜美を交互に見ながら言った。

「二人が来てくれて嬉しい」

それを聞くと汰央は言った。

「わかったんだ、誰かが僕らを待っているんだって」

亜美がうなずくとナンシーが満足げに微笑んだ。ベイビーフィールが初対面の二人に近づいて嬉しそうに笑った。おいしそうなスープの匂いがしていたが亜美の目は部屋の真ん中に釘付けになっていた。

「どうかしたの亜美？」

「緑色のソファ、スープも」

「スープか、どおりでさっきからいい匂いがすると思った」

「仙人が言っていた通りだわ」

「仙人？」

「うん、かぐや姫のお父さん、目が見えないのになんでも知ってるの。カトマンザは愛の部屋、光る耳や緑色のソファや温かいスープや、それから巨大な目とええと……、そうだ、赤い鳥もいるって」

「予言だよそれ。でも巨大な目って何？」

辺りを見回す汰央。

「スージーにはすぐに会えるよ」

スージーって誰？　赤い鳥っていうのは？

「ジ、ジ、ジ」

「ジギーにも。朝になればわかるよね、ヨーラ」

カナデがそう言うと、なめらかにヨーラが広がった。

「まずは座って、ナンシーのスープは絶品だから」

音もなく広がるテーブルを見つめて唖然とする二人。

「さあ温かいスープをどうぞ」

ナンシーがスープ皿を並べたテーブルの前、まさに亜美は今、緑のカンファタブリィに腰掛けた。

「うっわあ〜、ふわふわだあ〜」

無邪気に喜ぶ亜美の姿にみんなも微笑んだ。そしてスープは感動するほどおいしかった。

「汰央の百匹ざるの話、あれとてもいいね」

おなかのふくれた狢が丸い目を糸みたいに細くして言った。

「狢も聞いていたんだね、そんな気がしていたよ」

「汰央、君って思った以上だ」

「だろうね」

「ところでナンシー、このスープなんかワクワクするんだけど？」

「よかった、狢、気に入ってくれたのね。味付け《テイスト》は希望《ホープフル》、たくさん召し上がれ、カトマンザの案内はそれからよ」

§

青い闇の向こうから聞こえてくる娃《あ》娃《あ》娃《あ》、

「うわ、焦った！」

巨大な柱が向かい合って喋っているのを見て驚く汰央。

「トーテムポールとトーテムポーラだよ」

「すごいな、テーマパークみたいだ」

「ポールとポーラがようこそって言ってるよ」

案内役のカナデに言われてぎこちなく挨拶する汰央。

「ど、どうも」

奥の方でゆらゆらと炎が揺らめいている、そしてその向かい側には大きな鏡のようなものがあり、そこにも炎が映っている。

「二人を紹介するねスージー」

カナデの声に応えるようにまばたきするそれは、ふさふさの長いまつ毛をたくわえた灰色の巨大な、目だ。

「スージー、彼らは汰央と亜美」

驚き過ぎて無表情の汰央と亜美。

「彼はスーパージェントル、通称スージー、見たいものがあればなんでも見せてくれるよ」

秒速七十ミリメートルのまばたきが起こす心地好い風を浴びながら、二人は全身でスージーの視線を受け止めた。

「ねぇカナデ、あそこに見えるのは何?」

亜美が青い闇の奥に広がる暗がりに目を凝らした。

「あれはカトマンザの森だよ」

「ふ〜ん森なんだ、……えっ？」

「森？」

驚いて汰央が言う。

「森があるの？」

「うん、行ったことはないけれど」

「カトマンザの中にかい？」

「うん、そうよ」

「どこまで続いてるの？」

「わからない、でも終わりはあるってナンシーが言っていたわ」

そう言うとカナデはくるりと向きを変えた。

「そんなことより汰央、亜美、私についてきてちょうだい」

呆然とする二人を尻目にカナデはスタスタと広間の方へ歩き出す。

「会いに行くよ」

「会いに行く？」

「そう、カプリスもあなたたちをずっと待っていたの」

カナデについて歩く二人の心の中で予感が確信へと変わっていく。ここにたどり着くまでずっと感じていた不思議な力。その温もりのようなエナジーは、目には見えなくてもいつも伴走するように寄り添って、不安や恐怖に打ち勝つよう導いてくれた。

ラッキーがハンモックの上で歌っている。キノコになったヨーラが緑のカンファタブリィのそばで青白い影を落としている。穏やかに時が流れる広間の片隅にひときわ暗い闇があった。足を踏み入れるとそこはもう、右も左もわからない深い闇だ。一体、天井がどこか、壁がどこなのか、高さも広さもわからない。どこを見てもただ闇があるだけ。だがその闇は温かく、親密な空気に満ちていた。すべてを知り、理解し、行くべき方向に導いてくれるもの。それは信頼のおける何か、例えばひげを生《は》やした山高帽、龍の形の大きな船、ミルクホワイトのウサギかもしれない。流れ出すエンドルフィン。耳を澄ますと聞こえる、いつかどこかで聞いたことのある声が。

「いやあ、よく来たね。君たちをどれほど待っていただろう」

「僕もあなたに会いたかった」

「君が汰央か、思っていたより背が高いな」

亜美はじっと闇の一点を見つめていた。

「よく頑張ったね亜美、無事に来られてよかった。勇敢な君たちを抱きしめられないのが残念だ」

「カプリス、そこにいるの？」

「ああ、いるよ」

「どこ？　どこにいるの？」

「自分の肉体がどんな状態でどこにあるのか、もう私にもわからないんだ、身体など闇に溶けてしまったのかもしれないね」

「そんな……、出てきてカプリス」

カプリスの声はなく、一瞬何か大きなものが音もなく背後に近づいたように感じた。

「姿は見えないけれどカプリスはちゃんといるよ」

カナデが抑揚《よくよう》のない声で言う。それでもあきらめきれない亜美。

「カプリスお願い、出てきて」

カプリスの返事はなく、代わりに六両編成の小さな汽車が闇を搔き分け走ってきた。後ろにオーロラのベールをうっすらと引いて力強い音を立てながら、現れては消えるレールの上をゆるやかに通過していく。三人が見守るその汽車は何かを満載していた。

「こんな形でしか君たちのそばへ行けないが、どうかわかってほしい」

寂しげなカプリスの声、姿は依然闇の中だ。

身体が闇に溶けてしまったとカプリスは言った。汰央は考える。

もし本当にそうだったとして、どうしてそんなことになったんだろう。

だがその理由を聞いてはいけないと汰央は思った。それは直感のようなものだった。

「わがまま言ってごめんなさい、カプリス」

「いいんだよ亜美、またいつでもおいで」

語尾は薄れながら闇に消えた。

§

緑のカンファタブリィに並んで座った汰央と亜美を極上の座面が受けとめる。疲弊《ひへい》した身体を柔らかな背もたれにうずめてたちまち眠りに落ちていく亜美。汰央は夢も見ずに眠りたいと思った。深く眠って力強く目覚めたい、ハンナと迎えた朝のように。今の汰央には何が夢で何が現実なのかもわからない、夢から覚めてもまた夢で、すべてが妄想にさえ思えてくる、カトマンザもカナデもカプリスも。

亜美まで？　まさか、そんなはずはない。今そこで寝息を立てているのは亜美じゃなくて誰なんだ。

　すると心の中の声が聞こえたとでもいうようにゆっくりと首を回す亜美、その顔に息を呑んだ。青白い肌、充血した目、頬まで裂けた真っ赤な口で笑っている。よく見ると白衣だ。看護師だ。看護師の【デビ】が汰央の隣で笑っている。

「ケッ、ケッ、ケッ」

　なぜだ！　なぜここにいる。

「亜美をどこへ隠した？」

　しわがれた声で話しかけてくる【デビ】。聞きたいのはこっちだと汰央は思う。

「亜美を連れておいで」

　看護師の【デビ】が青白い手を伸ばしてきた。

　――汰央――

　亜美の声がした。

「亜美どこだ！」

　看護師の【デビ】の黒い爪の先が顔面に迫ってくる。

　――汰央こっちよ――

　汰央はソファから跳ね起きた。ポールとポーラの間を走り抜け、青い闇を突っ切ってスージーの前まで来ると赤々と燃える炎を映す巨大な目玉に向かって言った。

「スージー、亜美はどこ?」

息を切らす汰央を落ち着かせるように灰色のまぶたを閉じるスージー、そして見てごらんとばかりに重そうなまぶたを持ち上げた。

風……、草原を吹き抜ける風。広大な草原を埋め尽くしているのはすずらんだ。群生して咲く性質のあるこの可憐な植物は今、白い花を鈴生《すずな》りにつけて満開だ。風の形にすずらんが揺れる、風の形に草原がうねる、その中に一人立ち尽くしている亜美。

「亜美、無事だったんだね」

「汰央もおいでよ、風が気持ちいいよ」

風が花の香りを孕《はら》んで渡っていく。花たちは亜美に好意を持っているらしく、小さな顔をかわるがわる持ち上げて語りかける。亜美を守ろうとして揺れている。亜美は風の中に立って流れる時に身を任せていた。いつしか汰央も我を忘れて草原にいた。憔悴《しょうすい》した魂を風が柔らかくなでていく。汰央は目を閉じて心地好い風に身体をあずけた。気がつくと汰央は再びスージーの前に立っていた。スージーはもう一度ゆっくりとまばたきを始めた。まず分厚いまぶたをしっかりと閉じる。長いまつ毛が波打ってまぶたに無数のしわが寄る。そこにかすかな隙間《すきま》が生じ、灰色の重そうな上まぶたが持ち上がっていく。その時、開いたまぶたの間から何かがもじゃもじゃと飛び出してきた。黄色くて背の高いこの花は、

「ひまわりだ」

ひまわりはスージーの目の中からはみ出してあっという間に四方を取り囲むと汰央を風景ごと呑み込んだ。

「ここは……」

そこは汰央が大好きだった場所、何度も隠れんぼをして遊んだひまわり畑だ。裏庭に広がるこの景色をいつもハンナ園から眺めていた。茎の頂《いただき》にのる観覧車のような大輪、ここのひまわりは特に大きい。

ハンナが好んで育てたロシアひまわりは、大きいもので丈が三メートルにもなる。黄色い花びらの下には無数の種が互いを押し合うようにして並んでいる。大輪が重い頭《こうべ》を垂れる頃、汰央は豊かに実ったひまわりの種を親指の爪を立ててぼりぼりとむしり取る。

ひまわりは周りを取り囲む舌状花《ぜつじょうか》と中央部の管状花と呼ばれる小さな花の集まりで、管状花が咲き終わるとその下に二千個もの種をつける。むしり取った種は手の中にいっぱいになって持ちきれず、ポケットに押し込むが園に帰る頃には数えるほどしか残っていない。幾つかは自分で食べる、奥歯でかじるとほんのり甘い。残った種をハンナに持っていく。すると彼女はそれを大事そうに手のひらにのせて、スパシーバ！　と言いながら汰央を抱きしめる。嬉しいとなぜかロシア語になった。そして皮をむいて一つ口に入れた途端、ぐるぐると目を回して両手を頬に当て、バオバオ、フクースナ！　と言って震え出す。そのハンナの反応が面白くて汰央は何度もひまわりの種を運んだものだ。ハンナはどんな時も汰央の気持ちを大切にしてくれた。大袈裟な身振りは決して汰央の期待を裏切らなかった。

「まったく、オーバーだな」

言いながら汰央は自分がハンナに深く愛されていたと感じていた。ハンナとの思い出の中には愛が息づいていた。汰央はあふれ出る涙を止めようとしなかった。

§

朝を告げる「オハヨー」の声。赤コンゴウインコのジギーがカトマンザの朝を知らせる。声に誘われて汰央と亜美はキッチンの白いリノリウムの床に立っていた。上へと伸びる階段を見上げ、まぶしさに目を細める汰央。手をかざすとオレンジ色の靄《もや》の中を朝の光が透過してくる。

「亜美、来てごらんよ」

汰央に呼ばれて亜美も階段を上がる。

「どうしたの？」

「赤い鳥がいるよ」

光あふれる踊り場の片隅に長い尾の大きな鳥がいた。真っ赤な羽に鮮やかに交じる青と黄。目の周りはおしろいを塗ったように白い。曲がったくちばしと木の節くれのような足。

「オハヨー、オハヨー」

「おはよう、君だったんだね」

二人はそこから明るい階段を更に上がった、すると、

「ここは……」

そこはカトマンザの屋上、果ては見えない。風はなく、燦々《さんさん》と光が射す屋上には黄色い理容椅子《バーバーチェア》と鏡、セット台、シャンプーユニット。赤、白、青のサインポールが回っている。少し離れた所にはドーム型の小さな建物が見える。ドームの色もサインポールと同じ三色だ。

揺れるユッカのそばの揺り椅子に狢が座っていた。

「おはよう、やっと来たね」

立ち上がってプシプシプシと歩き出した狢に汰央が聞く。

「ここって床屋？」

すると狢はぐるりと周囲を見回して、

「どうやらそうみたいだね」

鏡の前に座っているのはカナデ、後ろには雪花菜《きらず》ばあや。長い金髪を下ろしているカナデは亜美が近寄ると口の端だけで笑った。汰央に話しかけたのはＭｒ．荻。

「やあ汰央、待っていたよ」

振り向いた汰央の口から出た言葉は、

「お久しぶりです、Ｍｒ．荻」

「ああ、さっそく始めよう」

Ｍｒ．荻の手がチョキの形を作っている。

「僕？」

満面の笑み、Ｍｒ．荻の手がチョキから親指を立てたグーになった。

「任せてよ」

§

頭から肩にかけての赤、続く黄色の羽が鮮やかな青につながる。三色に分かれた雨覆《あまおお》い、そして再び赤が矢のように長く伸びた細い尾の先までを充填《じゅうてん》する。赤コンゴウインコのジギーがカトマンザの朝を知らせるとナンシーの作るスープのいい匂いがしてくる。二十リッターのずん胴鍋から立ちのぼるおいしそうな湯気の香り。焼きたてのクロワッサンのバターの香り。みんなが緑のカンファタブリィに集まり出すとヨーラがそれに合わせて形を変える。大抵の場合ヨーラは床に生えたキノコのように小さくなっているが、誰かが座るとすみやかに、しかも実に気の利いたテーブルになるのだ。ナンシーがスープを運んでくると焼き立てのパンを囲んでカトマンザの朝食が始まる。のどの音に驚く汰央、食べ物を飲み込む時にのどが鳴ったのは生まれて初めてだった。

汰央は髪を切り、亜美も雪花菜ばあやにおさげを編んでもらって満足顔で緑のカンファタブリィに座っていた。レグナもジギーの声を聞きながらみんなの寝起きを確かめているようだ。

白濁《はくだく》した靄《もや》がうっすらと漂う朝のカトマンザ、その靄《もや》を闇が溶かしていく。カトマンザを構成しているのは底なしに暗い闇だ。スパゲッティがデュラムセモリナという小麦でできているように、カトマンザの大半は闇でできている。その闇は舞台袖の暗幕のように重なって情景や物体を時空ごと内包している。

朝食を終えると、ベイビーフィールの部屋にいる狢と汰央に亜美が声をひそめて言った。

「本当にもう一つあるのよ」

「階段が？」

「あったっけ？」

「見たことないなあ」

「とにかく一緒に来て」

それぞれの精神世界《スピリチュアルシーン》を展開している闇は広間を囲むようにして存在しており、その敷地《サイト》の位置関係を時計の文字盤に置き換えるなら、緑のカンファタブリィを中心として十二時の方向にポールとポーラの青い闇、同じ方向を奥に進むと暖炉と向かい合わせにスージーがいて、その更に奥にはカトマンザの森が広がっている。反対側の六時の方向には紅茶色の耳が生《は》えた寡黙《かもく》な土壁がある。その土壁にはトリッパーが来る時にだけ出現する分厚いドアが嵌まっていてそこがカトマンザの入り口だ。時計の針を戻して一時の方向にカプリスの闇、三時の方向にベイビーフィールの部屋、針を進めて七時の方向に亜美、八時の方向に汰央、カナデがキャンドルを灯しているのが九時の方向で、ラッキーのハンモックは十時の辺りにぶら下がっている。そして十一時の方向に狢の青い廊下。再び戻って、五時の方向にいつもナンシーがパンを焼き、おいしいスープを作っているキッチンがあり、ラブドームへの階段もそこから上に伸びているのだが、亜美の言う二つ目の階段はその隣の四時の辺りにひっそりとあった。

カトマンザを構成するもう一つの成分が光だ。ラブドームへの階段はそこだけ出し抜けに明るくて、すぐ隣にある暗い階段に気がつかなくても不思議はない。

「ほらね、あるでしょ」

「ホントだ！」

「この階段もラブドームへ続いているのかな？」

数段上がるとドアがあった。ドアには鍵がかかっていたが、細長いガラス窓から中がのぞけた。薄暗いがかなり広く、贅沢な調度が並べられている様子がうかがえる。猫足の家具やフリンジの付いたペルシャ緞通《だんつう》、シンメトリーに置かれたマッキントッシュのラダーバックチェアー、マホガニーのダイニングセットは薄暗い中でも光沢を保っている。

一体これって……そう考えて亜美はハッとした。

「ナンシーの部屋じゃないかしら？」

「ナンシーの？」

食事の片付けをしたあとはいつもヨーラと緑のカンファタブリィにいて、ナンシーが部屋に入るところを一度も見たことがなかった。

でも、もしそうだとしたらナンシーはどこ？

情景《シーン》が現れるには精神《ソフト》と肉体《ハード》が高揚感《エレベーション》をともなって重なることが前提にある。部屋だけあって、しかも鍵がかかっているなんて。

混乱する亜美。

「地下よ」

ほとんど無表情でカナデが立っていた。

「地下?」

声をそろえて言った三人の前には下へと続く階段が出現していた。亜美はやっとわかった。

「ナンシーが呼んでいるのね」

うなずいたカナデの長いまつ毛の間から小さな白いバラがこぼれ落ちた。

§

静かだ。地下はまるで静寂が堆積しているかのようにしんとしていた。実際堆積していたのは水だった。わずかな歩行スペースを残して地下いっぱいに広がるプールの中には、天井までの高さの太い円柱が一定の間隔で並んでおり、光を発して水底を明るく照らし出していた。

ふと明かりが射すと、奥のドアが開いて細いシルエットが浮かび上がった。ナンシーがプールサイドを歩いてくる。幻想的な水の空間に魅せられて汰央も亜美も狢も無口になっていた。

「ようこそ」

初めてカトマンザに来た時のようにナンシーが言った。

「メッセージが伝わってよかったわ、あなたたちにプールを見てほしかったの」

静かな口調で続けるナンシー。

「案内してくれてありがとうカナデ」

カナデは答える代わりに長いまつ毛を伏せた。

水にひたった円柱はメルヘンチックにゆっくりと光の色を変えていく。

「ここは、私が最高に幸せな時を過ごした思い出のプールなの」

「プールがあったなんて」

「狢も泳いでいいのよ」

「え、いいの？」

「いつでもどうぞ」

「あ、でも」

「毛、濡れるよね」

「だよね汰央」

「私も泳ぎたい」

「亜美もどうぞ」

「ナンシーはいつも一人で泳ぐの？」

「ええそうよ」

「一人で怖くない？」

亜美の問い掛けにおかしそうに笑うナンシー。

「大丈夫、怖くないわ、プールの水は温かくてとても気持ちがいいの」

「それならよかった、でもナンシー……」

言いかけて言葉を切る亜美。

「なあに？」

狢と汰央が亜美を見る。ナンシーのフォレストグリーンの瞳は美しく澄んでいた。カナデは表情を変えずに立っていた。亜美は出かかった言葉を呑み込んだ、聞いてはいけないと強く感じたからだ。

「あ、ううん、なんでもない」

狢と汰央がそっと顔を見合わせる。あいまいに笑う三人。

幻想的なプールとは対照的に暗く閉ざされたあの部屋、ドアには鍵がかかっていた。

頭の中で疑問が渦を巻く。

ナンシーはなぜあの部屋を見せるの？　なぜ隠さないの？　それともあの部屋には隠し切れない何かがあるのだろうか？

カナデ

カナデについて九時の闇の空間に入り込んだ狢、汰央、亜美の三人は、すぐにひんやりとした空気に取り巻かれた。そして目の前に、夜空を突き刺すような三角屋根が現れた。鋭利に尖った屋根は魔女の帽子を思わせた。壁には蔦《つた》が這い、建物は上へ行くほどボリュームが増すという構造上の不可思議を実現していた。

館に足を踏み入れた三人の目に飛び込んできたのは万華鏡をのぞいたような色とりどりのキルト。かたわらには糸や縫い針、端切れや裁ち鋏《ばさみ》が無造作に散らばっており、その横に作りかけのキルトがフープスタンドに付けられたまま置かれていた。そして視線はほどなく急階段に止まった。

「二階はキルトの森よ」

部屋には大きな絵画のようなキルトが重なり合って吊るされていた。きらびやかな色彩に魅せられる三人。

「こんなの初めて見た、これカナデが作ったの？」

「いいえ、お針子たちが作るのよ」

キルトの起源は十九世紀、西洋人が貧しさから生み出した節約のための手工芸だが、ここにあるものはどれも贅沢で美しかった。珞は言葉にならずため息をついた。

「おいしいクッキーがあるの」

「カナデが焼いたの？」

「いいえ、バラの精が焼くのよ」

バラの精って誰？

いぶかりながら階段を上る珞。その階段は細くて狭く、階段というよりはしごに近い。そのはしごのような階段を更に上るとこじんまりとした部屋があり、円いテーブルの上から芳《こう》ばしい香りがしていた。

「もしかしてクッキーってこれ？」

汰央が驚いたのはその色と形。皿の上のクッキーはどれも真っ黒け、イモリやカエルの形をしていて、なんとも奇妙な体勢でじっと伏せている。

「どうぞ召し上がれ」

カナデに言われておそるおそる食べてみる。

「狢と亜美もどうぞ」

真っ黒けのカエルクッキーをためらいながら口に運ぶ三人。ところが一口食べたらそのおいしいこと！

「おいしい！」

そう言った途端、亜美の身体が浮いた。

「あ、あれっ？」

足が床から十センチくらい浮いている。

「わ！　身体が浮いてる！」

汰央と狢も浮いた。

「無重力クッキー、もっと食べるともっと浮くよ」

「ホント？」

同時に言って顔を見合わせる三人。

「いつまで続くの？」

「味が消えるまでよ」

再び顔を見合わせる三人。

「地下のガラス工房見る？」

「ガラス工房？」

今度は急な階段を下りる、それは嘘のように楽しい体験だった。なぜって、クッキーの魔法にかかってしまった三人は身体が浮いて地に足が着かない。狭い階段を手で漕《こ》ぎながら泳ぐようにして下りる、夢のような無重力体験。しかも三人は無重力クッキーを余分に隠し持っていた。

そこは納屋のような地下室だった。外界から閉ざされた部屋の真ん中で、白っぽい炎が音もなく揺れている。

「ここがガラス工房？」

「そうよ、作るところを見ていてちょうだい」

「カナデが作るの？」

「うん、亜美にもあげるね」

部屋がだんだんと暗くなり何かが起こる気配がしていた。いよいよ真っ暗になった天井を汰央たちも見上げる。すると見る見るうちに頭上に星空が広がった。天井に映し出された星空はプラネタリウムのように部屋全体を包み、汰央たちは満天の星に囲まれた。もはやそこは狭い地下室ではなかった。無限に広がる宇宙が頭上をおおっていた。

カナデが泣いていることに気づいたのは狢だ。狢は驚いて太いしっぽを更に太くし、カナデに近づこうと一歩踏み出した。だが次の瞬間プシッと足音を立てて立ち止まった。カナデの涙は何をも寄せつけない孤高の結晶、狢はその悲しみの深さに凍りついたのだ。やがて目を疑うようなことが起きた。突然バラバラと星が降り出したのだ。どの星も炎に向かってしなやかに落下し、そのあと弾けるように飛び散って床にこぼれた。

いつしか部屋は元に戻っていた。見回せば、壁も天井もしんと静まり返り、床には細密なバラの花びらや蕾を模《かたど》ったクリスタルが散らばっていた。それを籠に拾い集めるカナデ。そして何事もなかったかのように言った。

「どう？　神業《ミラクル》でしょ？」

狢

緑のカンファタブリィから立ち上がると亜美は栗の木に囲まれていた。月明かりの栗林、土と樹液と夜露の匂い、左前方に見える円形の枠組みはまぎれもないあのおたまじゃくしの池だ。照明が当たって池の中がよく見える。藻が浮いているが水は澄んでいた。のぞき込むとたくさんのおたまじゃくしが泳いでいる。水面近くを泳ぐ音符のようなおたまじゃくしたち。ふと一匹のおたまじゃくしに亜美の視線が止まった。するとそれは不意に池の底を目がけて泳ぎ始めた。

池の底が青く光っている。

あとに続くように他のおたまじゃくしたちも池の底へともぐり出す。その勢いは凄《すさ》まじく、おたまじゃくしの群れはあっという間に黒い流れと化した。見つめていたはずの亜美もいつの間にか池の中へと吸い込まれていった。

水に入っているのに身体が濡れていない、冷たくもなかった。

ここはどこ？

おびただしい数のおたまじゃくしは残らず消え、亜美の目の前にはただ長く青い廊下があった。床も壁も天井も青い。情景《シーン》が亜美を引き寄せ、栗林からおたまじゃくしの池、そしてこの廊下へと誘《いざな》ったのだ。

「もしかしてこれって狢の青い廊下かな？」

声に出して言うと狢が答えた。

――ずっと亜美を連れてきたかったんだ――

「狢？　どこにいるの？」

――銀色の扉が見える？――

「うん見える」

歩き出す亜美。廊下の突き当たりには銀色の扉。

――その扉から入ってきて――

言われるままに扉を押す亜美。一瞬真っ暗に見えたが目が慣れると黒い幕だとわかった。それは途轍《とてつ》もなく高い天井から床までしなやかに垂れ落ちた柱のような幕で、幾重にも重なりながら謎めいた闇《エニグマティックブラック》を作っていた。

幕の隙間から明かりがもれている。

もしかしてステージ？　この幕の向こうは舞台なんだ。

突如割れるような拍手と歓声、勢いよく幕の中にすべり込んできたのは鳥のような衣装を付けたバレリーナ。肩で息をしている様子に驚く亜美。そして次の瞬間、草むらから鳥が飛び立つようにたくさんの踊り子たちが舞台に躍り出た。黒い幕の陰に大勢の踊り子たちが隠れていたのだ。再びステージが靡《なび》くような喝采《かっさい》。背筋がゾクッとしたその時、

「亜美」

後ろに狢がいた。

「狢！」

亜美は興奮に声を弾ませて言った。

「よく来たね」

「すごい、一体どうなってるの？」

「びっくりした？　ここ舞台裏なんだ、今公演が終わったところさ」

喝采はなおも続いている。

「袖幕《そでまく》の中にスポットライトが隠してあるから気をつけて」

足元がよく見えないのはそのせいだ。

「上を見てごらん」

首を反《そ》らせて上を見る亜美。

「うああ……」

暗黒の天井に漂う黒い炭酸のような空気、その高さに謎めいた恍惚を覚える。

「なんだか吸い込まれそう」

「でもあそこには魔も棲んでいる」

「ま？」

「魔物さ」

舞台を取り巻く巧妙《トリッキー》で魅惑的《エキゾチック》な闇、そこには羨望《せんぼう》や憧憬《どうけい》と共に嘲笑、罵辱《ばじょく》、陥穽《かんせい》が渦を巻き、成功と挫折が汗や涙となって床に染み込んでいる。

「え、こわ……」

狢について舞台袖の奥に進んでいくとさっきと違う廊下に出た。反対側の舞台袖につながる細い連絡通路を狢は不意に左に曲がった。突き当たりにドアがある。ドアには「リハーサル室」と書いてあった。四角い窓から中をのぞくと奥に明かりが見える。よく見ると「リハーサル室」の文字の上に小さくＢＡＲ《バー》と書いてある。リハーサル室と書いてあるが実はＢＡＲ《バー》だ。中に入るとフロアは少し低くなっていて数人が座れるくらいのカウンターとボックス席が二つある。カウンターの中にはキッチリと髪をなで付けた〝どこからどう見てもマスター〟という感じの黒いベストの男性が一人いて、寡黙《かもく》にグラスを磨いていた。客はいずれも男性で、カウンター席に二人、ボックス席に四人。もうひとつのボックス席は空いていた。

「ムロモッツァン、飲んでる？」

背中越しに声をかけたのはカウンターに座っているサングラスの男。

「ん？　ああ」

ボックス席の男が答える。

ムロモッツァンて変な名前……

「ふふふっ」

狢が笑った。何？　とばかりに亜美が狢を見る。

「室本《むろもと》、室本《むろもと》だよ」

「？」

「僕のお父さんさ」

「えっ、狢のお父さんてたぬきじゃないの？」

「うん、僕も人間なんだよ、室本正志《むろもとまさし》」

「え？　人間？」

面食らう亜美。狢が人間でもなんら不思議はない。もしもそのモフモフした妙な毛皮をすっぽり脱いでしまえるなら彼の未来は随分変わってくるはずだ。ただ亜美には狢は狢であることが大前提で、あの独特の足音やぶんぶん回る（時々もげる）太いシッポは特徴を超えて狢そのものだし、端的に感情を表すポトスのような耳も含めて狢という唯一無二の存在には一体どう説明をつけたらいいのか、という思いが亜美をひどく混乱させていた。

「人間には戻れるの？」

「どうかな、わからない」

「え……、そんな」

「ふっ……」

動揺する亜美の様子に狢が笑った。亜美はムキになって考える。

まるで他人事《ひとごと》みたいに言うけれど戻れなくてもいいの？　それとも戻りたくないとか？

そこには狢の意志が介在しているということなのだろうか？

「大丈夫だよ亜美、心配してもしょうがないからまずは座ろう」

プシプシプシプシと歩き出す狢、腑に落ちないまま後ろに続く亜美。空いている側のボックス席に向かい合って腰掛けるとちょうどムロモトさんの背中が見えた。「どこからどう見てもマスター」がカウンターから出てきてテーブルの上にグラスを二つ置いた。

「ありがとう」

狢は顔を上げてマスターにお礼を言う。マスターは何も言わずに一歩下がると、うっすらとした笑みのようなものを顔の表層に張り付けたまま向き直り、カウンターに戻っていった。

「狢はいつもここへ来るの？」

「うん、やっと扉のこっち側に来れたからね。でも誰かを連れてきたのは初めてだよ」

サワーグラスに入った飲み物は淡いピンクのグラデーション、細いストローが二本挿してある。

「カクテルみたい」

「イチゴモルスさ」

ストローを二本つまんで吸ってみる。

「おいしい」

しばらくモルスに没頭する二人、だが亜美は気になっていた。

「む、狢、あ、あ、あの……」

先に沈黙を破ったのは亜美だ。

「ぷっ、それじゃラッキーみたいだよ」

「だって、あそこに狢のお父さんが」

「いいんだ、僕だってことわからない方が」

「でもでも、狢のお父さんなんでしょ？」

うなずく狢。

「お父さん、いつもいるの？」

「うん、最初は驚いたよ。でもほら、僕は今たぬきだからさ」

狢は確認するように自分の姿を見てから、また亜美に視線を戻した。

「お父さんは気づいていないんだよ」

「話しかけないの？」

「うん」

「なんで？」

「わかってるんだ、僕のせいだってこと」

今度は視線をそらしたまま言った。

「狢のせい？」

「うん」

「何が？」

「何もかも」

長い沈黙。カウンターの方から話し声が聞こえる。ムロモトさんのいるボックス席からも聞こえてくる。笑い声も混じって楽しそうだ。時々ボックス席の誰かが手を上げるとマスターがグラスをのせたトレーを持っていって空のグラスと交換する。ＢＡＲというくらいだから大人は当然お酒を飲んでいると思っていた亜美の表情が怪訝《けげん》そうにくもる。

「あれはタルゴンソーダ」

「ソーダ？　お酒じゃないんだ」

「うん、メロンソーダみたいな飲み物だよ」

入ってきた時に流れていた歌がまたかかった。

「あ、この歌」

「絢香のＷｈｙだよ」

「いい歌だね」

「僕のお母さん、いつもこの歌を聞いてるんだ」

「お母さんが？」

亜美はしばらく黙って聞いていたが、やがて不安げに狢の顔をのぞき込んで言った。

「狢のお父さんとお母さんって生きてる？」

「え、うん、まあね」

ほっとする亜美。

「ゴメン、変なこと聞いちゃった」

「いいよ」

「ただね、狢のお父さん、どうしてここにいるのかなと思って。何か伝えたいことがあるんじゃないのかな」

「伝えたいこと？」

「すごくそんな気がするの。私のお父さんもそうだったから」

「亜美のお父さんも？」

「そう、事故で死んじゃったけど伝えたいことがあって一度会いに来たの」

「え、そうなんだ……」

「さっき狢、全部自分のせいだって言ってたよね？」

「僕のお父さんさ、生きてるけど喋れないんだ」

「なんで？　耳が聞こえないの？」

「ううん」

狢は中空の一点を見つめたまま頭を左右に振った。

「そうじゃないんだ。生きてるってだけで動けないし食事もできない、ずっと眠ったまま意識がない……、植物人間なんだよ」

§

「綱元《つなもと》、手引きでしたか？」

「そうそう、タッパの高い劇場でさ、バトン飛ばしてから仮シュートでわからなくてそのまんまいっちゃったんだもん。コンモンタコったの新人だったんだ」

「やばいなぁ」

笑い声。

「バックのＤＦだからサスの地明かりだな」

「ＤＦって？」

「６インチのフレネル」

「ああ、フレネルレンズの重いヤツですね」

一瞬狢が遠くなったように感じた亜美の耳がカウンターの会話を拾っている。

「ワイヤー掛かってたんですか？」

「それがバインド線だったの、だからはずれてきちゃってね、リハのあとにもディレクターが介錯棒《かいさくぼう》で突っついてたから」

「ワヤだな」

さっぱりわからなかった。会話が聞き取れないのではなく話の意味がまるでわからないのだ。

きつねにツマまれているみたい。

そのあとふと狢を見て思った。きつねじゃなくてたぬきだった。

「わかんないでしょ、専門用語だから」

「うん、意味不明」

「バインド線っていうのはね、照明器具なんかを固定する針金のことなんだ」

「照明器具？」

「ん」

「照明のお仕事なの？」

「そう、舞台照明」

サングラスは多分偉い人だ、と亜美は思った。狢がカウンターを見ながら言う。

「あのサングラスの人がオペレーター」

「狢のお父さんはなんの仕事をしていたの？」

「機材を運んだり、ライトの位置を決めたりとか」

「ふううん」

意味がわからなくても亜美の耳はカウンターの声を拾う。

「ムロモッツァンの仕込みマジですごいスよ、ブッチも一発、修正ナシだし」

「キューシート、やたらキレイで」

「パッチ正確でしょ、タッパ決めまでがめっちゃ早いの」

ムロモトさんの名前に反応する亜美。と、そう思ったのが先かあとか、さっきまで間近に見ていたはずのムロモトさんの背中が忽然と消えていた。

あれ？　いない？

店の中を見回す亜美。

いつの間にかムロモトさんが消えちゃった。

テーブルには飲みかけのタルゴンソーダ。

「スノコ？　スノコから行ったんですか？」

「ブリッジじゃなくてサスだぞ」

「危ないんじゃないですか？」

辺りが急にざわめき出して不穏な空気が張り詰めた。サングラスも立ち上がって腕時計を見たりインカムで喋ったりしている。狢はさっきと同じように座っていた。下を向いて肩をすぼめている。

「狢、どうしたの？」

「まいったな」

「え？　何が？」

その時やっと亜美は、狢が手に何かを持っているのに気づいた。

「バカだな」

「バカってなんのこと？　ムロモトさん、お父さんはどこへ行ったの？」

「……」

「ねぇ狢！」

「上」

「上？」

困惑する亜美。

「上って？　みんなムロモトさんを探しているみたいだけど」

「お父さんは葡萄棚《ぶどうだな》だよ」

「ブドーダナ？」

「スノコのことさ。舞台の天井だよ」

「どうしてそんな所に行ったの？」

「灯体《とうたい》のぐらつきを留《と》めに行ったんだ」

「なんだそうなんだ、じゃあ戻ってくるね」

「……」

「ね？　狢？」

「お父さんは葡萄棚だ、そして二度と戻らない」

言葉に詰まる亜美。

なぜ言い切ってるの？　なぜ助けようとしないの？

とその時、亜美の疑問に応えるように海馬が勝手に狢の声を再生する。数分前の狢の言葉を。


生きてるってだけで動けないし食事もできない……、植物人間なんだよ。


「これさ」

狢は手にしていたものをじっと見つめた。

「僕に預けていったんだ」

それは黒いゴムの手袋だった。

「お父さんは素手だったんだ、それで感電したのさ」

「え、じゃ急いで持っていこうよ、狢はブドーダナの行き方わかるんでしょ？　まだ間に合うかも」

「もう無理なんだ」

「でも」

「すでに起こったことだから変えられないんだ、過去なんだよこれは」

「どういうこと？」

「わからない、わからないけどいつも同じことが起こる」

「いつも？」

「いつもこのＢＡＲでこれと同じことが起こるんだ、繰り返し過去を見ているのさ」

「狢……」

「覚えてるんだ、あの日のこと。正志はあちこち触るから危ないって言って僕に預けていったんだ、これ、電気を絶縁する手袋さ。バカだなあ、こんな大事なものを置いていくなんて」

そう言って狢がふっとため息をついた時だった、突然辺りが暗くなり、少し離れた所に人影が浮かび上がった、暗がりの中に誰かいる。

「正志」

ムロモトさんがこちらを向いて立っていた。

「お父さん！」

驚く狢。

「知っていたの？」

それには答えず、ムロモトさんはゆっくりと背を向けた。狢は動揺を隠せない。亜美は不安に駆られてムロモトさんの背中を見てからまた狢を見る。

「二人ともついておいで」

ムロモトさんが背を向けたまま言った。そこはすでにＢＡＲではなかった。

§

そこはギャラリーと呼ばれる劇場の壁面に設けられた作業用の通路だ。幕は下りている。プロセニアムに割《わ》り緞《どん》が引かれ、間隙《かんげき》を縫って舞台上の整備が行われていた。ざわざわとした声に混じって滑車の回る音がしている。

「ホリゾント幕を下ろしているんだ」

タイムリーにムロモトさんの解説が入る。ゆっくりとカウンターウェイトが動き、吊りバトンが下りていく。天井からは数え切れないほどのワイヤーロープが下がっている。

「暗いから気をつけろ」

見上げる亜美。

さっき狢が言ってたブドーダナってこれ？

頭上には葡萄棚があった。スノコ、グリッドとも呼ばれる舞台上部機構の終端部《しゅうたんぶ》。

「舞台面まで二十四メーターある。八階建てのビルと同じくらいの高さだ」

三人はいつの間にか葡萄棚に立っていた。床がまさにスノコ状だ。板と板の隙間から舞台が見える。高所恐怖症でなくても足が竦《すく》む距離だ。ムロモトさんの解説は続く。

「フレネルを固定したあと、フライズを見ながら葡萄棚《ここ》まで上がってきた。長年の勘でな、何か嫌な予感がしたんだ。案の定ケーブルがドラムに巻かれたまま使われていた。バレエの公演は長くて大掛かりだ、全部引き出しておかないと火事になる恐れがあった」

「火事？」

「ああ危なかった、あのまま使っていたら熱を持って発火するところだった」

少し笑ったように見えた。でもそのあとムロモトさんはある方向を向いて動かなくなった。

葡萄棚はかなり広く、配線や枝滑車《えだかっしゃ》があちこちに張り巡らされている。それらの装置越しにムロモトさんが見つめていたのは分電盤やブレーカーが嵌《は》め込まれている暗い壁の一角。

「あ……」

洛が何かに気がついて身を乗り出した。亜美の目がそれをとらえた時、ムロモトさんが言った。

「クワガタさ、どこから入ってきたのか、こんなところにクワガタがいたんだよ」

ブレーカーの筐体《きょうたい》の縁に立派なアゴのクワガタがいた。

「急いで戻ろうとしていた時だった、もう幕は上がっていたからな」

ムロモトさんはお尻のポケットをさぐり黒いゴム手袋を取り出した。

「ほら、よく見ろ正志」

「お父さん持ってたの？」

「ああ習慣でな、作業中は必ずする」

「だったら……」

「いいか、ゴム手は余分に持っていた、だからおまえのせいじゃないんだよ」

「でも」

「クワガタを捕まえるのに夢中になって注意を欠いたんだ、素手で通電中の露出端子《ろしゅつたんし》に触れたのさ」

「それじゃあ……」

「ああ、俺の不注意だ」

「そんな……」

「油断したんだよ」

「なんで……」

言いながら狢にはわかっていた。

「おまえにクワガタを見せてやりたくてな、退屈凌《しの》ぎにと思ってさ」

もう声にならなかった。

「気づいたら身体が動かない。全身が麻痺して指一本動かない、そのうち意識が遠のいていった」

なんという恐ろしい事実。

「あの日は萌子が急患で呼ばれ、俺がおまえを連れてこのリオ・ショウワへ来ることになった。なにしろ有名なバレエ団の公演だ、裏方はどんなミスも許されない。ただ小さいおまえを一人で待たせておくのは気がかりだった」

確かに幼い正志にとって長い一日だった。

産科の看護師である正志の母、室本萌子は、未明に容態の急変した亜美の母、皆藤《かいどう》亜矢の緊急手術の呼び出しを受けた。日曜で人手が不足していた上、病院の託児所は休みだった。

白血病で闘病中の亜矢は妊娠後期に差しかかっており、胎児の命が懸かっていた。だが亜矢がその手に我が子を抱くことはなかった。意識の戻らぬままその日のうちに帰らぬ人となった。生まれ落ちた赤ん坊が亜美だということを、この時二人はまだ知らない。

一方父、室本基《はじめ》に連れられて国立芸術劇場リオ・ショウワへ来た正志は、最初のうちはおとなしく舞台裏の様子を眺めていたが、しばらくすると照明装置や見慣れない機材の間をうろちょろ歩いて少しもじっとしていない。

「危ないからあちこち触るな」

基はそう言ってお尻のポケットから黒いゴム手袋を取り出した。

「これをしていなさい」

心配で仕方のない基は正志の小さな手に自分の絶縁グローブをつけさせて仕事に戻っていったのだ。

「結局クワガタは逃がしたよ、見ただろう？　アゴのデカいやつだった」

「そんなこと……」

九年の歳月を経て明かされた真実が狢を打ちのめす。

「わかったか正志、おまえのせいじゃないんだ」

言いたかったのは本当のこと。

「おまえのせいなんかじゃないんだよ」

伝えたかったのは真実。親子三人の平穏な暮らしを一瞬にして変えてしまった九年前の不運な事故、あの日から萌子は夫の看病に明け暮れていた。植物状態という過酷な障がいを背負ってしまった基《はじめ》と幼い正志を抱え、萌子は必死で運命に立ち向かっていた。

「いいか、これが真実だ、誰にも言うことのできなかった真実なんだ、正志」

こんな無慈悲な真実があってたまるか！

「おまえにだけは本当のことを伝えたかった」

「そんなことで」

「そんなこととはなんだ」

「だって……」

「仕事は夢中でやる、だがおまえたちへの気持ちはそれ以上だ」

そこまで言うとムロモトさんはまたもお尻のポケットを探り始めた、手に数枚の紙がある。

「いいか正志、これを足立《あだち》に渡してくれ、九条さんでもいい」

「九条さん？」

「ああサングラスの人だ。場所はどこでもいい、萌子に見せてやってくれ」

走り書きのメモの一番上に「Ｗｈｙ」と書いてある。

「Ｗｈｙ？」

イントロは地明かり、歌い出しはバックフットのダークブルーで四小節、そしてミニブルで四小節、次の六小節で生をチョイス、サビがきてローホリとサスをアンバー。

「ってこれキューシートじゃないの？」

「そうだ」

「……わ、わかった、必ず渡すよ！」

狢はメモを握り締めた。ムロモトさんは満足そうにうなずいた。

「背が高くなったなあ」

その言葉にぎょっとする亜美。そこには狢の代わりにスラリとした少年が立っていた。

亜美の知っている、あのぬいぐるみのような狢ではなかった。

「今身長はどのくらいあるんだ？」

「一六四」

「萌子に似てよかった、オレに似たらズングリムックリだもんな」

照れ笑いする少年はインディゴのコットンデニムに赤いスニーカーを履いて顔立ちもかなりイケている。

「正志」

ムロモトさんの低い声で我に返る亜美。

「お父さんはもう行く」

「えっ……」

「苦労かけた、オレの代わりに萌子を支えてやってくれ、いいな」

「なんで？　行くってどこに？」

「自分に自信を持て正志」

「待ってお父さん、行くってなんだよ！」

ムロモトさんの言葉の意味は亜美にもわかった。あえて突っ込む狢の気持ちも。

「お父さん？」

「誇り《プライド》を持って生きろ」

「行くことないだろ？　ずっと一緒にいてよ」

「どんなことがあってもだ」

ムロモトさんの声が遠かった、すでに姿はない。

「お父さんどこ？」

ふと見ると狢がたぬきに戻っている。

「お……」

狢の声がかすれた。

「お父さあああん！」

汰央

枯渇した心が水を求めている。命を潤《うるお》すのは穢《けが》れのない地底の水だ。地表を流れる川と違い地底の水は目に見えない。トリッパーたちは記憶の風紋をなぞりながら地下水脈をたどり、それぞれの心象風景の中に愛の水源を探して過去にスクロールする。だが地底には得体の知れない闇もまぎれている。にわかに出現した暗黒のうごめきの中に不穏な気配を感じて困惑する汰央。

また過去にフラッシュバックしたんだろうか？

だがそこは駅でも公園でも父の書斎でもなかった。その部屋に見覚えはなかった。カーテンのすき間からのぞく夜明け前の空。静まり返った部屋の中でかすかに聞こえるうめき声、壁際のベッドで誰かがうなされている。

「ううっ、やめて」

目の前に映し出される光景に目を凝らす汰央。少し年上に見えるその青年は夢を見ているらしく、目を閉じたまま苦しそうに顔を歪《ゆが》めている。

「どうしたの？　ねえ大丈夫？」

声をかけても汰央の声は届かなかった。

「いやだ、お父さんやめて！」

ハンガーにかかった制服に「光岡」と名札がついている。そんな名前の友だちは汰央にはいない。飾ってある写真に幼い頃の青年と思われる男の子が父親らしき人に抱かれて写っている。優しそうに微笑む父親を、なぜか青年は夢の中で怖がっている。だが理由を知るすべはない。

「痛い、助けて！」

夢の中までは踏み込めないのか……

汰央がもどかしく思っていると、短い叫び声と共に青年が上半身を起こした。夢からさめて深く息をはき、手の甲で額の汗をぬぐっている。

よかった……

目を覚ました青年の様子にほっとしていると、辺りが徐々に白んでいき、見知らぬ部屋は汰央の視界から遠ざかっていった。

ラッキー

地底の闇から逃れた汰央は、今度は不思議な霧の中に迷い込んだ。手には一冊の本がある。広間に吊るされたラッキーのハンモックの上にそれを見つけた時、ふと懐かしい匂いが鼻腔に広がり汰央は思わず本を手に取っていた。それはいつか亜美に読み聞かせた『百匹ざるのお母さん』だった。

遠くからラッキーの歌が聞こえてくる。霧の中で耳を澄ます汰央。声を頼りに歩いていくと視界は更に霞んできて、数メートル先も見えなくなってきた。その直後、

「火？」

見ると辺り一面に火の粉が舞っている。

火事？　そうか、霧じゃなくて煙なんだ！

不意に甲高い叫び声がした。いつの間にか汰央は燃えさかる建物の中にいた。這い回る炎が絶叫を掻き消す。炎に巻かれたドアの上には「新生児室」と書かれている。

ここは病院なのか？

メラメラと焼け溶けるカーテンのこちら側で、幾つもの小さなベッドが燃えていた。汰央も炎に取り巻かれていた。

「あっ」

炎の中に飛び込む人を汰央は見た。身体に火が燃え移り、奇声をあげて飛び回っている。地獄絵図……、舞い上がる炎は狂気を帯びて笑う魔物と化していた。

一体これは……

すぐ横のベビーベッドに赤ん坊がいた。咄嗟に手を伸ばす汰央、だがその途端、赤ん坊は灰になって汰央の指の間からすり抜けた。

するとその時、すぐそばでラッキーの声がした。

「ラッキー、そこにいるのかい？」

――こ、こ、こ子どもたちお、お、おお世話――

声がするのに姿は見えない。

「ラッキー、どこにいる？」

必死にラッキーを探す汰央。すると火事現場にいたはずが、急に静まり返った暗闇の中にいた。前方に黄色い光が見える。

――た、た汰央もし、し、し知ってる――

「知ってる？　何を……」

言いかけてハッとした、見覚えのあるこの黄色い光。

光の中の子どもたちは全員パジャマ姿、パジャマ姿の子どもたちは汰央にはとても幸せそうに見える。幼い子どもに見受けられる謎のナチュラルハイ、就寝時と起床時限定のソワソワとはしゃぎたくなるような高揚感は、今思うと随分奇妙な現象だ。汰央自身がその最《さい》たる例だった。夜になり、パジャマを着て眠りにつくまでのひとときが理由《わけ》もなく好きだった、朝起きた時の真新しい期待感は、特別ではない日常を引き立てる秘薬だった。光の中の子どもたちは幼い頃の汰央と同じように笑っている。これはまぎれもなくあの暗い哉路《かなろ》の駅でいつも汰央が心に思い描いていた光の国の子どもたちだ。その馴染み深い光景の中になぜかラッキーがいる。

包帯で全身ぐるぐる巻きのラッキーは、何かを話すたびにひどく口ごもって相手に見た目と違う印象を与える。それは多分、一生懸命に話す様子が外見の奇っ怪さを払拭《ふっしょく》するからだ。朝は誰よりも早く起き、夜は一番最後までハンモックの上で「宙吊りの歌」を口ずさんでいる。ラッキーときたらいつだって寝ぼけたようなふりをして、実は常に異変がないかカトマンザを見張っているのだ、まるで風変わりなセキュリティーサービスみたいに。

「ラッキー、ここで何してるの？」

「こ、子どもたちのお、お、おお世話」

「お世話？」

ラッキーは汰央が持っている本に気がついた。

「そ、そ、そそそれ」

「ああそうだこれ」

「だ、だ、だ大事なほ、ほ」

「ごめんね、勝手に持ってきちゃって」

「ひゃっ、ひゃっ」

「百匹ざるのお母さん」

「な、な、な何回もよ、よ、よよ」

「何回も読んだんだね」

「ビョ、ビョ、ビョーイン」

「病院？」

「か、か、か哉路駅、ず、ずずっと前ビョビョビョーイン」

そこまで聞いて汰央は何かを思い出しかけた。遥かな記憶が脳裏をかすめる。

「ビョビョビョーイン、こ、こ子ども、いいいっぱい」

「……それ、知ってる」

墓参りで訪れた哉路の駅前広場の片隅、建物の陰になって目立たない場所にひっそりとそれはあった。随分前のことだ。ハンナは汰央を古びた石碑の前に立たせて言った。


「汰央もお祈りして」

「おいのり？」


石には文字が書かれていたが幼い汰央には読めなかった。だがしかし、聞き慣れないその響きをはっきりと覚えている。

「これなあに？」

「忠霊塔《ちゅうれいとう》よ」

「チューレートー？」

「そう、忠霊塔」

「チューレートーチューレートー」

カタカナで受け取って呪文のように何度も繰り返す汰央に、ハンナは手を合わせなさいと優しく言った。今の汰央ならそれが慰霊碑だとわかる。

「たくさんの赤ちゃんがいる病院が火事になったの」

「かじ？」

「そう、これは火事から子どもを助けるために命を懸けた勇気ある人たちのお墓なのよ」

それを聞くと汰央は幼いながらも神妙な気持ちになって大きな石に向かい、顔の前で両手を合わせて目を閉じた。その時の記憶が今も鮮明に残っている。

§

哉路市立小児科病院は小児科と産婦人科を兼ねた哉路市内で唯一の専門病院だ。火災が発生したのは一九七四年十月の寒い夜、石油ストーブから上がった火の手は見る間に木造三階建ての建物を取り巻いて、消防が駆けつけた時には炎の塊と化していた。十一歳の健太郎は一週間前に虫垂炎で入院し、翌日が退院の予定だった。

青柳《あおやぎ》健太郎というのがラッキーの本名だ。すでに他界した父親の手ほどきでキャッチボールの面白さを知った健太郎は、やがて三度の飯より野球の好きな少年になる。母親の正子は朝から晩まで働きながら女手一つで健太郎を育ててきた。時計が夜中の十二時を回り院内が深く寝静まった頃、産科病棟へと続く三階の廊下を燃え盛る炎が取り巻いていた。目を覚ました子どもたちの泣き声と駆けつけた親たちの叫び声。

「あさこーー！」

出火場所に最も近い三一一号室は炎に包まれていた。泣きじゃくるあさこのそばのカーテンにも火が燃え移った。

「危ない！」

健太郎はあさこを引き寄せた。あさこの好きだった本が寝床《ベッド》の上で燃えている。隣室の中学生が健太郎に貸してくれたギターも炎に巻かれていた。

病室には健太郎を含め八人の子どもたちが閉じ込められていた。突然大きな音と共に燃えていた戸が倒れ、部屋と廊下が通じた。すると不意に男の子が一人部屋の外に走り出た。炎に巻かれた戸口の向こうに男の子の父親が立っていたのだ。男の子は父親の姿を認めるなり弾丸のように走った。

「よし、よく来たっ！」

父親は子どもの無事を確かめると再び戸口に立って叫んだ。

「来い！」

残る子どもは七人。

「みんな走れ！」

子どもたちが部屋から廊下へ次々と転がるように走り出た。だがあさこだけは健太郎の腕をつかんで放さない。

「あさこも行け」

「いやだ、怖い」

戸口に近づくと猛烈に熱い。

「さあ早く！」

「怖いぃぃ！」

「くそっ」

健太郎は悔しかった。傷さえなければあさこをおぶって走るのに。縫合した下腹の傷口が焼けるように痛んでいた。

あさこを抱いて走れるだろうか？　いや走るしかない。

メラメラと燃え広がる炎をにらむ健太郎。だがその直後、ドオオオーンという地響きのような音と共に健太郎の目に映ったのは、つないでいた手を離して飛び出したあさこと戸口に構えていた男の子の父親を巨大な柱が押しつぶす瞬間だった。二つの影が倒壊音と共に消失した。

「あさこ……」

出口は塞がれた。逃げ場はない。灼熱《しゃくねつ》地獄のような部屋に取り残された健太郎。

「熱い」

劫火《ごうか》にまぎれてどこからか声がする。

外？　そう思った時、バリーンと大きな音がして窓ガラスが割れた。健太郎の背中や腕に破片が突き刺さった。ガラスのなくなった窓。だが煙で何も見えない。

「飛べーー！」

誰かの声がした。

飛び降りたら助かるかもしれない……

健太郎の耳にはもう何も聞こえなかった。火の粉が振ってくる、足元の床にも火が燃え移った。

背中が焼ける、母さん……

身体に火がついたまま健太郎は三階の窓から飛んだ。そして意識が途切れた。

病院は全焼した。死者十九人、八人の大人が子どもを助けようとして命を落とした。当直の看護師たちと救済に当たった消防士も、一つでも多くの命を救おうとして崩れ落ちる建物へと入った。命を失った子ども十一人のうち十人が赤ん坊だ。新生児室に伸びた魔の手はこの世に生を受けたばかりの赤ん坊に容赦なく襲いかかり、生まれたての貴い命を奪っていった。

健太郎のいた三一一号室はあさこ以外の七人が救出された。健太郎も全身に重度の火傷を負いながら、なんとか命をつなぎとめた。だが彼はこの火事で心因性吃音症を患い、そこから先の脳機能の成長経路も失ってしまった。彼の受けた恐ろしいショックを緩和すべく脳が出し続けたエンドルフィンは、致死のダメージから健太郎を守るために発達期の脳の成長を止めてしまったのだ。持ち時間を減らしながらも一歩も前に進めない健太郎の魂は、この時から延々と深い霧の中をさまようことになる。

時間は止まってしまった、蒼《あお》く翳《かげ》る十一歳の思考のままで。

第三章　明かされた秘密

カトマンザ

芳《こう》ばしい香りがしていた。ナンシーの焼いたマフィンがトレーに山盛りだ。心をくすぐるスープの香りがしてくると、緑のカンファタブリィのかたわらでヨーラがしなやかに広がっていく。朝を告げるジギーの声とラブドームからあふれてくる朝の光。Ｍｒ．荻の白い作業服《ユニフォーム》がまぶしい。櫛《くし》を使う手の動きがまるで手品のようだ。雪花菜《きらず》ばあやに髪を整えてもらってカトマンザの一日が始まる。

ポールとポーラの間を通り抜けるとカトマンザのスピリット、スージーが秒速七十ミリメートルでゆっくりとまばたきしている。カプリスに朝の挨拶をしてとびきりの朝食が始まる。いつものカトマンザの朝だ、にもかかわらず今朝はどうにもそわそわと落ち着かない汰央。実は汰央は朝食のあとでナンシーに呼ばれていたのだ。

「ラブドームの階段の隣にある階段よ、知っているわね汰央」

「あ……、うん」

亜美が見つけたあの階段のことだ。

「階段の途中に部屋があるから、そこに来てほしいの」

ナンシーは気づいていたんだ。

階段を上がりながら考える汰央。

亜美の言った通り、やっぱりここはナンシーの部屋なんだ。

取っ手に手を掛けそっと押すとドアが開いた。その途端、汰央の背中が何かにぶつかった。

「亜美！」

驚く汰央、立ちすくむ亜美。ドアの向こうにナンシーが立っていた。そして部屋の中には狢とカナデとラッキー。

「みんな、来てたんだ」

何か言いたげな狢、カナデは無表情。ラッキーは変に落ち着いている。亜美はカプリスの声を聞いたような気がして思わず汰央の顔を見た。

汰央にも聞こえた？

声に出さずに聞いたが汰央の表情に変化はなかった。

中に入るとシンメトリーに置かれたマッキントッシュのラダーバックチェア、重厚感のある革張りのソファ。マホガニー材のダイニングセットが曲線を描きながら光沢を放ち、豪奢《ごうしゃ》なシャンデリアが天井から吊り下がっていた。

「時が来たのかい？」

今度ははっきり聞こえた、間違いなくカプリスの声だ。

「ええカプリス」

フォレストグリーンの瞳の焦点をどこにも合わせずにナンシーは言った。

「今ならまだ間に合うわ」

間に合う？　狢の耳がピンと立つ。

「実はみんなにどうしても聞いてもらいたいことがあるの」

ゆっくりとこちらに向く視線、その様子に緊張する汰央たち。

「今から話すことはきっとみんなを驚かせると思うわ。でもとても大事な話だから落ち着いてよく聞いてほしいの」

汰央と亜美が座ったのを見ると、ナンシーは心を決めたように話し出した。

「カプリスとベイビーフィールは私の家族なの」

「家族ってつまり、ベイビーフィールは二人の子どもってこと?」

汰央の言葉に静かにうなずくナンシー。

「驚いたでしょう。ベイビーフィールのことはフィリップと呼んでいたのよ」

亜美の口からため息が出るとナンシーが言った。

「びっくりさせてごめんね亜美」

小さく首を振る亜美。

「その頃、私のおなかの中にはフィリップの他に、もうすぐ生まれてくる赤ちゃんもいて毎日が本当に幸せだった、あの恐ろしい事件が起きるまでは」

みんなは身じろぎもせずに話の続きを待った。

当時カプリスは二つの大規模なレジャー施設を経営していた。一つは「レフーア」という遊園地、もう一つは大型温水プール「バラとハワイランド」、どちらも彼が心血を注いだ夢の楽園の実現と言っていい。だがカプリスは大きな成功に甘んじることなく、胸に抱いてきた思いを実行したいと考えていた。ディアプロジェクトと称して「一日券《ワンデーパス》」を多くの子どもたちに送り届けたのもその構想の一環だ。低所得の家庭や養護施設の孤児たちに無料で入場券を配布した。惨劇が起こったのはそんな矢先だった。バラとハワイランドでの転落事故は幼い子どもの父親の命を奪った。

「バラとハワイランド？　転落事故って？」

「ええ、汰央、覚えているでしょう」

汰央はにわかに河童男の醜怪《しゅうかい》な姿を思い出した。刃物を振り回していたあの男……

「そしてレフーアで起きた呪わしい爆破事件」

「爆破事件？」

太いシッポを更に太くする狢。

「あの爆弾が何もかも破壊してしまった」

ナンシーの声が震えた。犯人はエンドレスメリーゴーランドのどこかに時限爆弾を仕掛け、フィリップをさらって逃走した。

「でもそれは、フィリップに見せかけた人形だったの」

住吉《すみよし》がそれに気づいたのは爆破予告時間の十分前。

「スミヨシって？」

「住吉真理《すみよししんり》はカプリスの有能な側近だった」

「それ、もしかしてスージーのこと？」

「そう、よくわかったわねカナデ」

「それでベイビーフィールは？」

狢が聞くとナンシーは目を閉じて言った。

「カプリスが感じ取ったのは暗く冷たい壁、鳴り響く機械音」

「閉じ込められていたんだね？」

「ええ、地下室にね」

即座にカプリスと住吉が助けにいった。

「カプリスにはフィリップの居場所がわかっていたの、彼はテレパスなのよ」

「テレパス？」

「すべてがわかるわけではないけれど、意識を集中すれば相手の気持ちや感情を読み取ることができるの」

レフーアの人気アトラクションの一つ、エンドレスメリーゴーランドがある一角に空調設備の地下制御室がある。厳戒態勢が敷かれたコンクリートブロックの内側で悲劇は起こった。階段はそれぞれ離れた二ヶ所の出入り口から地下へと続いていた。

「予告されていた時間までは数分あった」

だが爆発は犯人が予告した時刻より早く起きてしまった。回転盤の下に仕掛けられたIEDと呼ばれる即席爆破装置はエンドレスメリーゴーランドを屋根ごと吹き飛ばした。

「地下通路へと続く出入り口が塞がれ住吉が巻き込まれたわ、住吉は爆心にいたの」
爆弾は更に、若い男女二人の従業員《スタッフ》の命も奪った。そしてカプリスは全身に重度のやけどを負っていた。奇跡的に命は取りとめたものの、間近に爆風を受けた顔は以前の面影を残していなかった。フィリップは無事に救出され命に別条はなかった。だが幼いフィリップは爆発によって聴力を失ってしまっていた。レフーアは閉鎖し、犯人は数日後に逮捕された。間もなくナンシーは二人目の子どもを出産した、しかし彼女の精神状態は悪化の一途をたどった。

カプリスはナンシーに姿を見せなかった、そして出産後も顔を合わせることはなかった。ナンシーの心は押しつぶされた。感情のない魂となって絶望の荒野をさまよっていた。生まれた赤ん坊にはいつまでも名前がつかず、カプリスは自ら命を絶つことを考えていた。

ナンシーの心を支えたのはフィリップだ。五歳の男の子が再び彼女を過酷な現実と向き合わせた。それは音を失った小さなフィリップが「ベイビー」を愛しんでいる様子だった。お世話をしているつもりなのだろう、抱いて頬ずりし、一緒になって眠っている姿が闇の底に沈みゆくナンシーに微かな光をもたらしたのだ。疲れ果てた魂は地の果てをさまよって再びカプリスの元へと戻ってきた。ナンシーはそこで一度言葉を切ってみんなの顔を見た。

「その時私は思ったの、とにかくカプリスと向き合わなくてはと。子どもたちのために何がなんでもそうすべきだと」

§

時は春。閉められたままのカーテン。カプリスの部屋はあの事件以来、闇に閉ざされていた。醜《みにく》く焼け爛《ただ》れた顔を見せまいとナンシーを避けて暮らすカプリス。

「一人で苦しまないで……。あなたがどんな姿でも驚かない。私が愛しているのはあなたの外見じゃないのよ」

闇の奥に身を潜めるカプリス。

「どんな姿でもいい、あなたに会いたい。あなたに会えないよりつらいことなんてないから」

それでもカプリスは闇の中から出ようとはしなかった。

「お願い姿を見せて」

カタンと音がして何かが動き出した、おもちゃの汽車だ。六両編成の小さな汽車が闇の奥から走ってくる。汽車は勇敢な音を立てながらナンシーの立っているドアの前まで走ってきた。二両目の荷台に小さな箱がのっている。部屋の奥からカプリスの声がした。

「その箱の中に袋が入っている。大人は一包み、子どもなら三分の一も体に取り込めば眠るように死ぬことができる」

汽車を見つめていたナンシーの肩が怯《おび》えて震えた。声は続けた。

「どうだろうハニー、僕はもう何度も何度もこのことについて考えたよ。君たちを残して死ぬのが罪なら、みんなで一緒に死ぬのはどうかとね、あとの心配もいらない」

ナンシーは胸を押さえて立ちすくむ。カプリスの声は彼女の哀れな魂をさらなる戦慄の中に投げ入れた、胸が苦しい。

「でもこうも考えた、果たして僕に君たちの命を奪う権利があるのかと」

ナンシーは震える手で小さな箱を取り上げた。そしてぎこちない動作で蓋を開けた。するとどうだろう、中は空《から》だった！　困惑するナンシーにカプリスが語りかける。

「ハニー、僕にはできないよ。死ぬよりつらいが生きるぞ、生きる道を選ぶぞ」

再び闇の中で何かが動き出す音。

「君たちを愛しているから、もし神に試されているのだとしたら今ここに、その覚悟を示そう」

今度はおもちゃの汽車ではなかった、それはカプリスの車椅子が近づいてくる音だった。

「さあ見るがいい、この姿がどんなに醜くなろうとも心までは汚《けが》されない。これが僕の答えだ」

車椅子が闇の奥からこちらに向かって動いてくる。そしていよいよ肘《ひじ》掛《か》けに置かれたカプリスの焼け爛《ただ》れた指先が見えた時、ナンシーは自分のすぐ後ろに立っているフィリップに気がついた。いつの間にかフィリップがナンシーの背後に来て立っていたのだ。小さな手がナンシーのドレスをつかむのと、ナンシーがカプリスの車椅子を押し戻すのが同時だった。ナンシーは渾身の力で押し戻す、変わり果てた姿のカプリスを乗せた車椅子を！

神よ、この瞬間をどれほど待ったことだろう。今こそ霊妙の赦《ゆる》しを得てようやく待ち望んだ邂逅《かいこう》の時が訪れたというのに！

だがナンシーの叫びは声にならず、時空を超えて宇宙の彼方に消え去った。魔の手は予測もしない呪わしい齟齬《そご》を秒針の陰にセットしていたのだ。ナンシーの心の中で何かが壊れた。音のない叫びは形になりかけていたすべてのものを打ち壊し、薙《な》ぎ倒し、鋭い刃《やいば》となってナンシーの心を引き裂いた。

フィリップには見せられない、見せてはいけない！

自ら下《くだ》した判断が彼女を打ちのめす。息をするのも忘れてナンシーは闇の奥へと車椅子を押し戻していた。不意に目の前が真っ暗になると、苦しさの中で意識が遠のいていった。

§

息ができないのは水の中だからだ。ナンシーは一糸まとわぬ姿になって漂っていた。浮かび上がろうとしてもがき、ようやく水面に顔が出た。夢中で息を吸う。徐々に呼吸が整うと錯乱する頭で何が起こったのかと考えた。辺りは静まり返っている。プールの水は温かかった。呼吸が楽になった。

地下一杯に広がるプールの真ん中に、槽を左右に分けるように一定の間隔で光る円柱が並んでいる。円柱はゆっくりと色を変えながら水底に集光模様を映し出していた。幻想的なこの地下プールをナンシーは昨日のことのように覚えている。

「どこにいるのあなた?」

「君のすぐそばにいる」

「すぐそばに?」

かすかな気配を感じて上を見るナンシー。

「ここは、いつかあなたと来たプール」

「どうやらそうらしいね」

「あの時のままだわ」

「ああ、あの時のままだ」


交わした会話の一つ一つが蘇《よみがえ》る。時は一九八四年、ネパール、ハイアットグレイスホテル。幻想的な地下プールには優雅に泳ぐ二人の他には誰もいない。


「ねえハニー、確かにここは素晴らしいけれど子どもには退屈だね」

「子ども？」

「僕らにはまだいないけれど」


温かいプールに身を任せながら愉快そうに微笑むナンシー。


「ふふ……、いずれ子どもが生まれたらの話ね」

「あの辺に虹色の滑り台があったらいいね」

「プールの中に滑り台？」

「そう、周りにヤシの木もあるといい、なるべくたくさん」

「いいわね、ジャングルみたいで」

並んで泳ぎながら顔を見合わせて笑う二人。

「それから夜の遊園地というのはどうだろう」

「夜の遊園地？」

「大きな観覧車を光らせて」

「きっと綺麗だわ」

「メリーゴーランドを一晩中回すんだ」

「エンドレスのメリーゴーランドね」

「そう、エンドレスメリーゴーランド」

二人の願いが重なるように水面に波紋が広がった。

「子どもも大人も楽しめる夢の楽園があるといいな」

「そんな場所があったら絶対行きたいわ」

「そういう場所を作りたい」

「作れるといいわね、みんなが幸せになるように」

「地球上のすべての子どもたちが幸せになるように」


　何気ない会話から得た着想はやがて理想に形を変え、十余年の時を経てついに実現した二つのレジャー施設、「レフーア」と「バラとハワイランド」。だが今、何もかもが音を立てて崩れ去った。

「ああ、私はなんてことをしたのかしら」

「大丈夫、フィリップも無事だ」

「一体私たちどうなってしまったの？　なぜここにいるの？」

「何も心配ない。僕たちは守られ、新たな生き方を与えられたんだ」

「新たな生き方？」

「宇宙意志だナンシー」

「宇宙意志？」

「考えなくてもいいんだよ、僕らは新たな生き方を与えられ、もたらされた生《レグナム》に順応《アダプト》した。

第三章　明かされた秘密

ここはカトマンザ、愛の部屋なんだよ」

「カトマンザ？」

「スージーに会っておいで」

「スージー？」

「会えばわかるよ」

ナンシーはプールを出てローブをまとい、階段を上がって薄暗い広間のような場所に出た。目の前には緑色の大きなソファが置いてあり、ソファの真上には青白い光を放つ円盤型の巨大な蛍光灯があった。円盤の直径は六メートル、ドーナツ型の蛍光管が緑色のソファをうっすらと照らし出している。そして蛍光灯の上半部にはため息の白いバラが犇《ひしめ》いていた。

「愛の部屋、カトマンザ」

ナンシーは深くソファに腰掛けて、柔らかな背凭《せもた》れに身体を預けた。

「緑のカンファタブリィ」

確かめるようにつぶやく。

「私はナンシー、そして」

心で感じながら目を閉じた。

「あなたはカプリス」

§

「娃娃娃《あああ》……」

ナンシーが声のする方に目をやると、海の底のような青い闇の中に向かい合って立つ長い影《シルエット》があった。ここにも別の空間が存在しているらしい。空間を隔てているのは壁でもカーテンでもない、闇だ。青い闇の境界に彼らは立っていた。トーテムポールとトーテムポーラが闇の中で向かい合い、しきりに何かを話している。だが聞こえるのは娃娃娃《あああ》という声だけ。それは声というよりむしろ単調な音の繰り返《リフレイン》しだ。だがポールとポーラの間を通り抜けた時、ナンシーは彼らの発する音にまぎれた慟哭《どうこく》のような声をとらえた。そしてあの呪わしい事故で失われた若い二つの命が、闇の静寂《しじま》の中を悲しげに漂う気配を感じた。

「ああ、あなたたちなのね」

ナンシーの瞳が揺れた。涙がふくれ上がり、頬を流れて床に落ちた。たとえそれが神の意志であったとしても到底受け入れることなどできない、あまりに不条理な天の運命《さだめ》にナンシーは泣き崩れた。

しばらくしてようやく身体を起こしたナンシーは、前方の闇の中に赤いゆらめきを見た。それは暖かく燃える暖炉の炎だった。更にその向かい側にはシュールなオブジェのような巨大な目がゆらめく炎を映して秒速七十ミリメートルで瞬《まばた》きしていた。彼こそがカトマンザの精神《スピリット》、スーパージェントルだ。そしてナンシーにははっきりとわかった、目だけになったシュールなオブジェが誰なのか。

「住吉《すみよし》、あなたなのね」

レフーアの爆発事故で命を落とした住吉は、カプリスが全幅《ぜんぷく》の信頼を寄せたただ一人の人物。その有能さは比類なきものだったが、それ以上に彼には何か、桁《けた》違いの心地好さのようなものがあった。

「何も考えられない、どうしてあんな恐ろしいことが起きたのか、なぜ幾つもの貴い命が奪われなければならなかったのか……」

再び膝を折って泣き崩れるナンシー。スージーは落ち着くのを待つようにそっとまぶたを伏せる。

ひとしきり泣いたナンシーは救いのない映画を観終わったあとのような疲れ切った様子で顔を上げた。と、そこには灰色の巨大な目。

なんて長いまつ毛なの、たしかに住吉は大きな目をしていたけれど。

床に手をついたままスージーのまつ毛に見入るナンシー。すると閉じたまぶたにギュッと力が加わりまつ毛の根元が内側に食い込み出した。

——チーン、変な音がした。神妙な気持ちでいただけにスージーの発した場違いな音に拍子抜けするナンシー。カプリスは彼女の脳がエンドルフィンを出し始めたのを感じ取った。

いいぞスージー。

スージーは会心《かいしん》し、ゆっくりとまぶたを持ち上げた。巨大な目玉がぐるぐると渦を巻いている。ナンシーの口角がひくっと動いたのをカプリスは見逃さなかった。そして次の瞬間足元が白み、ナンシーは稲妻のような閃光《せんこう》と共に光の中に立っていた。

そこは果てが見えないカトマンザの屋上、ラブドーム。明るい陽射しの中で、風もないのに姿の良いユッカが揺れている。その横にはサインポール、理髪店おきまりの三色灯だ。奥の方にはサインポールと同じ色に塗られた小振りなドーム型の建物が見える。黄色い二つの理髪椅子《バーバーチェア》と鏡、シャンプーユニット、セット台にはカットクロス、シェービングカップ、粉入れとひげブラシ。ドームの中から一人の男性が出てきた。後ろから小柄な老女がついてくる。清潔そうな白い上着を着た男性の胸のポケットにはキャプテンホルダーと信《しん》山《ざん》のベークコーム。上着のポケットに施された青い刺繍は「Ｓｔｒｏｎｇ　Ｌｏｖｅ」

——最強の愛——。

「待っていましたよ」

と、Ｍｒ．荻は言った。その声と仕草、笑顔もなんて懐かしいのだろう。

私はこの人に会っている、幼い頃何度も。まるで懐かしさが服を着ているようだ。

「何せどこにでもいる床屋ですから」

神経質そうな顔は笑うとたちどころに崩れ、口の横に深い皺ができる。懐かしさは雪花《きら》菜《ず》ばあやも同じだった。近寄ると清潔な蒸しタオルの匂いがする淡いピンクのエプロン、三つ折りにしたソックスにサンダル、ポケットの刺繍は「Ｓｔｒｏｎｇ　Ｌｏｖｅ」。笑うと顔がくしゃくしゃになる。ただばあやに関しては、笑わなくても顔はくしゃくしゃしていた。

「やっと来たわね、待っていたのよ」

そう言って嬉しそうにナンシーの手を握る雪花菜ばあやの手が温かかった。

燦々と陽射しの降り注ぐラブドームを見渡すと、下へと続く階段が目に入った。オレンジ色の靄《もや》の中を数段下りるとナンシーは意外なほど広い踊り場に出た。そして視線は一羽の大きな赤い鳥に止まる。

「オハヨー、オハヨー」

曲がったくちばし、木の節くれのような足。長い尾は鮮やかな赤で羽には青と黄が交じる。愛嬌のある小さな目と白粉《おしろい》をはたいたような白い顔。懐かしさで胸をいっぱいにしながらナンシーは赤コンゴウインコのジギーの前に立っていた。

「またあなたに会えるなんて」

大人になっても忘れることなく記憶の奥底にいた赤い鳥。冷たい外壁に閉ざされたデパートの階段の踊り場で、飛ぶことはおろか、その鮮やかな羽を広げて羽ばたくこともなく、一日中鎖につながれていた南国色の大きな鳥。その姿は子どもの目にもひどく不憫《ふびん》で、少女の心を当惑させた。ナンシーは今、そんな言い知れない切なさを伴《ともな》った幼い頃の記憶と再び向き合っていた。

「まるで思い出の中にいるみたい」

「それがカトマンザなんだよ、ただし足に鎖は付いていない、彼は自由だ」

聞こえてくるカプリスの声に安心したようにうなずくナンシー。

階段を下りると白いリノリウムの床があった。仄《ほの》暗い緑のカンファタブリィの広間とは違い、カトマンザのキッチンは何もかもが雪のように白い。白いウサギが隠れていても多分容易には見つからないだろう。ふと誰かの気配がして振り向くと、小さな男の子が胸に人形を抱えて立っていた。

「フィリップ？　ああ、フィリップなのね！」

愛しい我が子を抱きしめるナンシー。抱えた人形は見覚えのある白い鍔広《つばひろ》帽をかぶっていた。ナンシーは込み上げる感情を抑えてやっと声を出した。

「私たちの赤ちゃんなのね？」

「大丈夫だよナンシー、ベイビーはね、彼がしっかりと守っているから」

カプリスの声が優しく響く。小さなフィリップは精一杯の愛でベイビードールを抱いていた。

「ベイビーフィール、ナンシーにお部屋を見せてあげたらどうだい？」

フィリップはしばしキョトンと天を仰いでいたが、心に響いたとでもいうようにコクンとうなずいた。そしてこっちだよというようにトコトコと歩き出した。暗闇の中に別の空間があった。ドアもないのに闇に隔てられて孤立したスペースになっている。そこには白いベビーベッド、ベビー箪笥、円椅子とレルコ社の白い木馬が置かれていた。その様子を感慨深げに見つめるナンシー。それは名前も付けずにいた二人目の子の部屋だった。

「ここで、赤ちゃんのお世話をしているのね」

愛しい子どもたちの存在を肌で感じ取るナンシー。

「ベイビーフィール、あなたもカトマンザの一員なのね」

地下のプールに下りる階段が上にも伸びていることにナンシーは気がついていた。そしてその階段の途中にある部屋にも。入り口に敷かれたクムのペルシャ緞通《だんつう》、シンメトリーに置かれたマッキントッシュのラダーバックチェアー、象嵌《ぞうがん》をほどこしたマホガニーのダイニングセット、その向こうにあるチェスターフィールドの革張りのソファとスワロフスキーのシャンデリア。それは彼女が心地好い調度に囲まれて愛する者たちと暮らした幸せの痕跡《あと》だった。ナンシーはその部屋に鍵をかけ、つらすぎる過去を隠蔽《いんぺい》した。そして闇の中のカプリスに導かれながらカトマンザを見てまわった。愛しいフィリップはベイビーフィールとなってナンシーのかたわらにいた。

ラッキーを受け入れ、カナデが訪れ、やがてあの独特の足音を立てて狢がやってきた。そして汰央と亜美が加わった。

第四章　カトマンザの森へ

カトマンザ

「あのＷ《ダブリュー》の形をしたのがカシオペア」

「どこどこ?」

「あの一番光ってるやつのちょっと上」

汰央は星に詳しい。

「星ってこんなにいっぱいあったんだ」

東の空には鷲座《わしざ》のアルタイルと琴座のベガ、北に向かって白鳥、ペガスス、ペルセウス。

「ペルセウスって初めて聞いた」

「メドウサの首を獲《と》った人さ」

「メドウサって髪がヘビの人？」

「人というより怪物だね」

鬱蒼とした森は果てしなく深く、どこまでも続いている。広げた枝にこんもりと葉を茂らせている大アカギの前を過ぎて五人は休みなく歩いた。入り口には森の守り神エスタブロ、その名の雰囲気から相当厳《おごそ》かな姿を想像していた亜美たちが呆気《あっけ》にとられるのも無理はなかった。月明かりに透ける髪、澄んだ泉のような瞳、形よく整った唇。その唇は彼が幻ではないという証しのようにうっすらと赤みを帯びていた。

「もしかして……」

汰央は証しよりも取説《とりせつ》が欲しかった。

「君がエスタブロ？」

彼は華奢な顔をうつむけたまま微笑むと、唐突に持っていた長い笛を吹き始めた。それはメロディーというよりも囁き声のように聞こえる不思議な音色の笛で、何かを呼んでいるようにも聞こえた。一行は神秘的なその音色にしばし耳を澄ませた。狢は両の耳をアンテナのように立て、カナデの周りには白いバラが舞った。そして汰央はいつしか静謐《せいひつ》な森の地面に跪《ひざまず》いていた。すると不意に何かが近づいてくる気配がした。美しい鹿が一頭、こちらへ向かって歩いてきた。笛の音は鹿を呼ぶ合図だったのだ。

月の涙を探しに狢、汰央、亜美、カナデ、ラッキーの五人はカトマンザの森へと足を踏み入れた。エスタブロの使いの鹿が道案内だ。ピンととがった耳、漆黒の大きな目と湾曲した見事な角《つの》、尻は新雪のように白い。聖なる気配を漂わせ、エスタブロの鹿が汰央たちを森の奥へと誘《いざな》う。

深く暗い森は、時に物語の一場面のような不気味な様相になったかと思えば、水玉模様のキノコや愛らしい小動物を見せてくれたりと退屈しない。

「わあ！」

生い茂る葉に羽を休める瑠璃色の蝶の群れに驚く亜美。

「ゼフィルスだ」

「ゼフィルス？」

「ん、ミドリシジミっていう蝶」

「へえ、汰央は物知りだね」

「すごくめずらしい蝶なんだ」

ふと何かが飛んだ。枝から枝へ軽やかに滑空《かっくう》しているのはモモンガだ。樹齢が百年を超える太いモミの木の樹洞《じゅどう》には白フクロウが眠っている。シイの木の根元の洞《ほら》ではリスが出入りし、ホオの木の葉陰には蛇もいる。生き物たちは森の掟《おきて》に従いながらそれぞれの時間枠の中で共存している。

歩きながら亜美はカトマンザを出る時なぜあんなにジギーがボロボロだったのかと考えていた。赤かった羽は鮮やかさを失い、長い尾羽が床に散らばっていた。閉じていた目を一度だけ開けて亜美を見た。スージーの目は充血していた。暖炉の炎は消え入りそうに細り、スープは冷め、ポールとポーラは無言だった。ナンシーやベイビーフィールと一緒に見送ってくれたＭｒ・荻の目の下にはくまができ、その横ですっかりやつれたばあやが弱々しく手を振っていた。光に満ちていたラブドームは薄暗かった。ラブドームが薄暗いのだ！　みんながカトマンザの異変に気づいていた。

狢は昨日のカプリスとの会話を思い出していた。


「僕らがここへ来た理由？」

「君たちがここへ来た本当の理由、それはカトマンザが邪悪の浄化システムだとしたら、世の中を救うのは君たちだということだ」


カプリスの話は想像を絶するものだった。

「今地球では一日に十万トン、一年間で約五千万トンもの邪悪の灰が作り出されている、東京ドーム百四十杯分だ」

「百四十杯分！」

「十万トンの邪悪を消すには十万トンのプリンスノーが必要だ」

「プリンスノーって？」

「プリンスノーというのは邪悪の灰を消滅させるためにエジンバラ卿が毎日休まず作り続けている小さな粒なんだ。だが現状は厳しい。邪悪の量があまりにも多すぎて、灰を消し去るだけのプリンスノーが足りないんだ、プリンスノーを作り出す愛が足りないということだね、さあこれはマザーテレサでも難しいぞ」


愛が足りないとカプリスは言った。人間の心が邪悪の灰を作り出し、それを消し去るのもまた人間の愛。一体この仕組みが示唆するものはなんなのか？　神が、宇宙が、我々人間の本質を俎上《そじょう》にのせて観察してでもいるのだろうか。叫び出したくなるのをこらえる汰央。カプリスの話は続いた。

「邪悪の灰は蒸発して上空に集まり暗緑色の雲となる。雲は徐々に発達し、やがて邪悪の雨となって地上に降り注ぐ」

「邪悪の雨？」

「汰央、邪悪はさらなる邪悪を生み出していくんだよ。そうなる前になんとか灰を消滅させなければならない」

「邪悪の雨を浴びたらどうなるの？」


亜美の問いかけにカプリスは慎重に言葉を選んで言った。


「きっと、何も愛せなくなってしまうだろうね」

「そんな……」

「灰を消す方法はないの？」


同時に言ったのは狢と汰央。


「実はあるんだ」

「あるんだ！」

みんなが顔を見合わせた。

「どんな方法？」

カプリスがゆっくりと話し出す。

「君たちはカトマンザへ来て疑念や猜疑心《さいぎしん》や理不尽や、あらゆるネガティブを前向きな愛に転化した、それこそが邪悪の浄化システムなんだよ」

「ポジティブってこと？」

「そうだ。優しさや強さもそこから生まれる。カトマンザで君たちが見つけた愛はたくさんのプリンスノーに変わっただろう。だがもうそれら愛の力だけでは賄いきれないほどたくさんの邪悪が生み出されている」

すると亜美が言った。

「世界中が愛し合えばいいのに」

「その通りだね亜美」

カプリスが答えるとカナデがいつもの無表情な顔で言った。

「あなた、それ本気で言ってるの？」

亜美が黙りこんでしまうとカプリスが続けた。

「つまりカナデが言いたいのはね、本当にそうなったら素晴らしいけれど実際には国境はなくならないし悲惨な戦争も起きるということだ、とても残念なことだがね」

カナデが溜飲《りゅういん》を下げたのを見たカプリスが声のトーンを少し上げて言った。

「でもみんないいかな、最強の打開策があるんだ」

狢の目が輝いた。

「月の涙には一粒で一千万トンもの邪悪を消し去る力がある」

「月の涙？」

「一千万トン？」

「そう、それをみんなに探しにいってもらいたいんだ」

「探す？」

「そう、力を合わせて探してほしい。あいにく月の涙は一人一個しか持ち出せないという掟《おきて》がある。ただし一個で一千万トンだから五人で五千万トンの邪悪が消えることになる。Eスクエアに堆積した灰の凡《およ》そすべてが消えるんだ」

「マジか！　で、それってどこにあるの？」

「うん、君たちはまずカトマンザの森に入って静寂の森へ行くんだ。そして満月の谷にある石炭の山を探し出して月の涙を手に入れるんだ。なんとしても月の涙を五個そろえてEスクエアのエジンバラ卿に届けてほしい」

§

満天の星が頭上に広がっている。スージー、カプリス、ナンシー、ベイビーフィール、レグナ、ヨーラ、ポールとポーラ、Ｍｒ．荻と雪花菜《きらず》ばあや、そしてジギー。狢は全員の特徴ある姿を星空に思い浮かべた。

いつかナンシーが言っていたカトマンザの終わり、Ｅスクエア。衝撃的なカプリスの話のあと、緑のカンファタブリィの広間でナンシーが詳しく説明してくれた。

「ねぇみんな、ラブドームの床に穴があるのを知ってる？」

ナンシーの問いかけにカナデが答える。

「あ、それ知ってる」
「あ、あ穴、あ、あある」
「ラッキーも見たことあるわね、ユッカの鉢の下の円い穴。雪花菜ばあやが掃いているのは埃《ほこり》じゃなくて邪悪の灰なの」

「灰に触ってもいいの？」

「ええ亜美、乾いていれば大丈夫」

「ラブドームに灰が降っていたなんて」

　ショックに耳を寝かせる狢。

「灰は夜に降るのよ」

「それで朝になると雪花菜ばあやが箒《ほうき》で掃いているのね」

　ナンシーの顔がいつもとどこか違っていることに気づいたのは汰央だけではなかった。瞳の色だ。いつものフォレストグリーンの目が輝きを失い、暗いグリーンに変わっている。長くしなやかな髪も艶《つや》を失い乾いていた。

「雪花菜ばあやが灰を掃き落としていた穴はどこにつながっていると思う？」

「え？　どこかにつながっているの？」

「あの穴はＥスクエアにつながっているのよ」
「Ｅスクエアに？」
「Ｅスクエアはカトマンザの森の果てにある異次元空間。そこにはエジンバラ卿という人がいて高い石壁に囲まれた灰の集積所を守っているの」

何度も聞くエジンバラ卿という名前、そしてＥスクエア。

「邪悪の灰は日ごとラブドームに降り積もり、雪花菜ばあやが掃いて集めてユッカの鉢の下の穴に落とすわね、するとそれはＥスクエアの高い壁の内側に溜まっていくの。エジンバラ卿は科学者だから特殊な方法でプリンスノーを作って、それを灰に撒《ま》くの。でも悲しいことにもうすぐＥスクエアは邪悪の灰でいっぱいになってしまう」
「いっぱいになったらどうなるの？」

亜美が心配そうに聞いた。

「あふれてしまうわ。でもあふれるといっても零《こぼ》れてくるわけじゃないのよ。

飽和状態になってそれ以上受け容れられなくなったら灰は蒸発していくの」

「蒸発？　消えちゃうの？」

「消えちゃうのならいいんだけれど、上昇して凝固するのよ」

「なるほど、それが雨を降らせる雲になるんだね」

「そうよ汰央、だからそうなる前になんとかしてくい止めたいの」

「邪悪の雨か」


丸い目を細めて狢が言った。

人間の心が邪悪を作り出す。妬《ねた》み恨《うら》み、怒りや憎悪などネガティブな感情はいつしか邪悪を生み出す核となる。邪悪は暗緑色の灰となりカトマンザの屋上に降り積もる。積もった灰はEスクエアの石壁の内側に集められ堆積していく。エジンバラ卿は邪悪の灰がいっぱいになって蒸発するのを防ぐためにプリンスノーという物質を作って灰に撒く。プリンスノーはそれと同量の灰を消し去るという。そしてそのプリンスノーを生み出すのは人間が持つ愛の力なのだ。カプリスとナンシーの話を反芻《はんすう》しながら狢は考える。

邪悪の浄化システムがカトマンザの存在理由《レゾンデートル》だとしたら、カトマンザがなければ邪悪は直接地上に降り注ぐのだろうか。カトマンザがフィルターの役目をしているということなのか？

宝石姫

エスタブロの鹿は近すぎず遠すぎず汰央たちを誘導する。童話に出てくる森を彷彿《ほうふつ》とさせる物言いたげな木々の気配。霊異《れいい》を孕《はら》んだ空気は奥へと進むにつれ縹渺《ひょうびょう》として神韻を帯びてくる。不意にエスタブロの鹿が姿を消した。

木の根元にメリーは腰掛けていた。そのいかにも衣装っぽい服装からしててっきり「赤ずきんちゃん」だと思った汰央が話しかけようとした時、狢がプシプシプシと横をすり抜けていった。

「赤ずきんちゃん？」

だが赤いのは洋服で、頭巾ではなかった。

「赤ずきんちゃんじゃないわ」

少女の容姿に注意深く視線を這わせていたカナデが小声で言った。彼女は赤いブラウスに小さな黒いベストを着て長い焦げ茶のスカートをはいていた。白いエプロンと赤い靴、頭には紫色のスカーフを被り、途方に暮れた様子で太い木の切り株に座っている。狢が近づくと驚いて顔を上げた。残る四人も近寄って宝石のような青い目や金髪の巻き毛を無遠慮に観察する。肌は雪のように白く、暗い森の中でも顔立ちの端正さが窺《うかが》えた。ラッキーが何か言いたそうにしている。

「し、し、し……」

「いや、白雪姫でもないよ」

汰央が言う。

「そうね、白雪姫って金髪じゃないもの」

紫色のスカーフの陰の三つ編みにした金髪を見ながら亜美が言うと、狢が自信ありげに、

「グレーテルでしょ！　ヘンゼルとはぐれた？」

「グリムより百年早い」

とカナデ。狢が小首を傾《かし》げたままカナデを振り返る。

「シャルル・ペローの宝石姫」

すると突然少女が喋った。

「はいそうです。私はメリー、宝石姫です」

そう言った少女の口からポロポロッと何かがこぼれ落ちた。ダイヤ、サファイア、エメラルド、真珠にルビー、大小の宝石がポロポロポロポロ飛び出して膝を伝い地面に落ちた。

「宝石姫？」

驚く汰央。

「口から宝石が……」

狢の足元に淡く光る白い玉が転がっていた。手に取るとそれは、見たこともないような大粒の真珠だった。その高貴な佇《たたず》まい。

「ZL《ゼットエル》だ」

肉球の上で光沢を放っている。

「なんのこと？」

「ん？　何が？　亜美」

「ゼットエルって」

「ああ、超特大ってこと」

亜美は真珠のサイズより口から宝石が出る理由が知りたかった。

「みすぼらしい身なりのお婆さんに泉の水の一番澄んだところを汲んであげたら」

ポロポロポロポロとメリーの口から宝石がこぼれた。

「ワアー」

　思わず叫ぶ五人。

「水のお礼に何か話すたび、口から宝石がこぼれるようにしてくれたのです（ポロポロポロン）」

　きらきらとこぼれ落ちる宝石に釘付けになっている狢とラッキー。

「メリー、僕ら満月の谷を探しているんだけど君、場所を知らないかい？」

「満月の谷ですか、方向はなんとなくわかりますが」

「よかった、僕らと一緒に来てくれないか？」

　メリーは汰央の申し出を快諾し、みんなと共に森の奥へと歩き出した。亜美が遅れ気味の狢とラッキーに声を掛ける。

「離れたら迷子になっちゃうよ」

「大丈夫さ亜美」

　狢の見解はこうだ。

「メリーがいればへっちゃらだよ、宝石をたどっていけばいいんだもん」

「狢、知らないの？」

「何が？」

「宝石消えちゃうんだよ」

「え？？」

慌てて手の中のルビーを見る貉。

「あるよ」

「落ちてるのは消えちゃうんだって」

生じてから六十秒間、誰の手にも触れなかった宝石は消えてなくなってしまうのだ。

「さっきメリーがそう言ってたよ」

「知らなかった」

「私、さっきスーッて消えるとこ見ちゃった」

「ホント？　でもまあいいや、とりあえずデカイのキープしたし」

「うっわあ綺麗！　よかったね、拾ったのは消えないからね。しかも全部本物だって！」

「マジか！」

ふと見れば狙いをつけていた宝石はすべて消え失せ跡形もなかった。

メリーが喋るたび地面に散らばる宝石に見慣れた頃、みんなは更に森の奥へと進んでいた。汰央が道案内の鹿と逸《はぐ》れてしまったことを話すと、

「ジルなら（ポロ）私も知っています（ポロポロ）。ジルはエスタブロの鹿で（ポロロ）

私にあそこであなたたちを待つようにと言いました（ポロポロッポロ）」

「そうだったんだ」

「月の涙って見たことはありませんが（ポロッ）、静寂の森に満月の谷というところがあって（ポロロン）、その谷の真ん中にある石炭の山には（ポロポロン）トトとトゥエリスという二人の女神がいて石のかけらを拾い集めていると聞きました（ポロポロッポロ）」

「トトとトゥエリス？」

汰央が聞き返す。

「石のかけら？」

狢がピクッと耳を動かした。

「多分それが『月の涙』ではないかしら」

「静寂の森へ行くにはどっちへ進めばいいの？」

カナデが尋ねた。カナデは気分が高まるとしばしば中空で白いバラを結晶させたりするが、さすがに口から宝石は出さない。

「ご案内しましょう、小さい頃に母と行ったことがあるのでわかると思います」

「行ったことがある？」

汰央が声をうわずらせた。

「ええ、女神には会わなかったけれど……、なにせ古い言い伝えですから」

「石炭の山はあった？」

「それが着いてからのことはまったく覚えていないのです」

木の洞《うろ》や枝にいる鳥や動物たちは、じっと息を潜《ひそ》めて訪れる者の様子を窺っているようだ。だが木々には寛容な温もりが宿り、好意的な趣さえあった。みんながかなり歩いたなと思った頃、何やら丹念に狢の毛繕《けづくろ》いをしながら歩いてくるメリーを振り返って汰央が言った。

「さっきから狢の毛繕《けづくろ》いばかりしているねメリー」

「あらごめんなさい」

毛繕いじゃなくてグルーミングって言ってよね。

「静寂の森まであとどのくらいかな？」

「もうそんなに遠くないはずです。それより時々みなさんが口にするカトマンザの森ってどこにあるんですか？」

「ここがカトマンザの森だよ」

「えっ」

§

「メリー、ちゃんと帰れたかなあ、宝石姫の森に」

「それにしてもどうやってカトマンザの森に迷い込んだんだろう」

「だいたい迷子になってることにさえ気づいてないから」

汰央と狢が歩きながら話している。

「森がメリーに伝えたんだ、早く帰りなさいって」

「王子と出会うためにね」

汰央は自分を納得させるように言ってうなずいた。気がつくといつしか森のざわめきは消え、辺りは異様なほど静まり返っていた。絶え間なく聞こえていた小鳥たちの囀《さえず》りもしない。厳《おごそ》かなまでの静寂に包まれていた。

不意に先頭を行く汰央の足が止まった。

「もしかしてここは……」

そこはまさに静寂の森だった。だが満月の谷も石炭の山も見当たらない。見渡す限り深い森があるだけだ。亜美は早くこの場所から離れたかった。狢は青い廊下が恋しかった。

ラッキーはハンモックの上で好きなだけギターを弾き鳴らしたかった。カナデはもし魔法の箒《ほうき》があったらお針子たちのいるキルトの館に飛んで帰りたかった。汰央は考えていた。

もしかしたら「石炭の山」って何かの比喩かもしれない。

途方に暮れかけた時、二本の見事な角が汰央の視界に入った。あの鹿のジルが奥深い森の中にすんなりと立っていた。ジルの横にはエスタブロもいた。

「来てくれたんだね」

エスタブロは泉のような青い目を少し細めただけだった。その時だ、

「きゃあああ！」

叫んだのは亜美だ。ジルの頭が消えてなくなっている。だがよく見るとなくなったのではなく、頭の部分が見えないだけなのだ。壁にでも入っていくように首から胸へと順番に消えていく。

「結界だ！」

汰央が叫んだ。

「けっかい？」

「壁だ、あそこに時空の壁がある」

それはあたかも奥へと続いているように見える森の結界。

「あっ」

ジルが消えていく。結界は今まさに、ジルの細い後ろ足と新雪のような白い臀部《でんぶ》を呑み込もうとしていた。

トトとトゥエリス

月の光が擂鉢《すりばち》状に隆起した山の稜線を黒く浮かび上がらせている。結界をくぐった五人の前には光り輝く満月の谷が拓《ひら》けていた。その平らに均《なら》した大地の真ん中に盃《さかずき》を伏せたような山がある。幽谷《ゆうこく》のしじまに凛と聳《そび》える漆黒《しっこく》の山、探し求めてきた光景《スペクタクルシーン》。そして五人を包む不思議な既視感《きしかん》。それは人智の及ばぬ領域で、太古の記憶がＤＮＡに焼きつけたデジャヴなのかもしれない。エスタブロとジルは姿を消し、汰央たち五人はまた新たなステージに立っていた。

山の高さは三十メートルほどで、大小さまざまな形をした石炭片が重なり合って黒く輝く石炭の山を作り上げていた。だが一体どこからどうやってこれだけの石炭が集まってきたのか汰央には見当もつかない。まして月の涙の在り処《ありか》など……

待てよ、まさか、この石炭の中に？

思いつきを打ち消すように首を振る汰央。五人に託された最後の希望、月の涙。それを一刻も早く探し出してEスクエアに届けたい、カトマンザを救いたい。月明かりに浮かぶ石炭の山を見上げる五人の気持ちは同じだった。

足元に散らばる黒い塊。石炭を知らない亜美がおにぎりくらいの石炭をおっかなびっくり手に取った。

「黒いダイヤ」

「ダイヤ？」

「喩《たと》えだよ」

カナデの言葉に驚いて聞き返す亜美。

汰央が解説を入れる。

「石炭は化石燃料さ」

「化石なの？」

「そう、木とか植物のね。昔は貴重な動力源だったんだ」

「これが化石……」

まじまじと石炭を見る亜美。

奇妙なくらいに風がない。大地を横切る生き物もいない。芝居のセットか何かのような満月が十ルクスの明るさで夜を照らしているだけだ。

「月の涙ってどこにあるんだろう」

亜美が心の中で持て余していた疑問を口にする。

「もしかしたらこの中に埋もれていたりして」

狢が言うとみんな黙り込んだ。ふと見ると指先が真っ黒になっていることに気づいた亜美が小さなハンカチを取り出した、とその時、

「あっ！」

不意に突風が吹いて亜美のハンカチを吹き飛ばした。ハンカチは亜美の手をすり抜けて高く舞い上がり、山の上へと消えてしまった。

「あーあ」

こういう時、素早い行動に出るのは汰央だ。

「上の方に行ったね、探してくるよ」

汰央のスニーカーは言い終わる前に積み上げられた石炭にかかっていた。踏み固まっているように見えた石炭は足をのせるとバラバラと崩れた。傾斜は思ったよりキツい。歩幅を広げ、両手を突きながらなんとか登り始める汰央。

「気をつけて」

「うん」

汰央の姿が見えなくなると、すぐに山の中腹辺りに人影が見えた。

「あ、あったの汰央？」

何かがひらひらと揺れている。

「違うよ亜美、汰央じゃないよ」

カナデが低い声で言った。

「うわっ！」

声と共に再び強い風が吹いて上から汰央が転がり落ちてきた。カナデと亜美が駆け寄る。

「どうしたの汰央！　大丈夫？」

「イタタタタ……」

石炭で真っ黒になった汰央は足をすべらせたのではなく、何かにひどく驚いたらしい。

「焦った、上に誰かいた」

ラッキーが固まっている。その時プシプシプシと足音を立てて狢が走ってきた。

「登りやすそうな所を見つけたんだけど。あれ？　汰央真っ黒けじゃん」

へらへらしているたぬきにカナデが言う。

「笑ってる場合じゃないわよ」

「え？」

月明かりに浮かぶ二つの影。長い布を腰に巻き、鳥の羽の帽子を被っている。胸元と耳は金銀で飾られ、ピタリとしたドレスからインパラのように細く長い手足が伸びていた。月の光に照らされてじっとこちらを見下ろしている。

「うわわあ〜〜〜」

シッポを太くして洛が叫んだ。

「あれがメリーの言ってたトトとトゥエリスじゃない？」

声を低めるカナデ。その謎めいた姿に圧倒されながらみんなもうなずく。

「じゃあきっと、あの人たちに聞けば月の涙のことがわかるね」

亜美が期待を込めて言う。

「けどさ、月の涙って貴重なものなんじゃないの？」

「そうだよね洛、簡単には教えてくれないかもね」

しょぼんとする亜美のあとに汰央が続ける。

「でも何がなんでも手に入れなくちゃ。どうしても月の涙が必要なんだ」

渦巻く疑問と謎めく女神。その妖艶な美しさは彼女たちが何か特別な使命を担っていることを雄弁に語っていた。ふとカナデが交渉上の問題点に気づいた。

「言葉通じるかな？」

芝居の呼び掛けみたいな大きな声で汰央は言った。

「あのー、僕たち月の涙を探しにきたんです」

声は頂上に届き二人の美女がサクサクと下りてきた。オレンジの腰巻きの方が言った。

「トトデス」

続いてグリーンの腰巻きが言った。

「トゥエリスデス」

よかった、通じた。

狢が安心して耳を寝かせた。

「はじめまして。僕は汰央、月の涙を探しています」

どこからかジルが亜美のハンカチをくわえて現れた。ジルは女神たちに近づくと首を低くしてハンカチを差し出した。トゥエリスが受け取って亜美に渡す。

「アナタノデ？」

「あ、はい」

トゥエリスに見つめられてドギマギする亜美、受け取りながらまたも強い風の気配を感じて亜美は渡されたハンカチを慌てて握った。

「ありがとう」

再び突風が吹き抜けた。風はひとしきり吹くとピタッとやんだ。

「トキドキコウユウ風吹キマス、ゴ注意クダサイ」

電車のアナウンスみたいにトトが言う。雲はなく、空には満月だけが煌々《こうこう》と輝いていた。

トゥエリスが話し出した。

「セキタンハ月ノタメ息、タメ息ハ結晶シテセキタンニナリマス。月、トキドキ泣ク、涙、結晶スル。ワタシタチ、ソレサガス」

「月が泣くだって？」

汰央の困惑には取り合わず、トゥエリスは更に続けた。

「タメ息イッパイ、涙トキドキ、月ノ涙、トテモ貴重デス」

「なるほどね」

むしろカナデの声が冷静過ぎると硲は思った。

「石炭が月のため息だって？」

汰央の混乱は二人の女神たちにも伝わった。

「タオ」

女神に呼ばれて我に返る汰央。

「タオ、イイデスカ？　セキタンハ石炭ジャナイ」

「石炭ジャナイ？」

「セキタンハ寂嘆《せきたん》、石炭ニ似テイルケレド化石燃料ジャナイ、月ハ寂シクテ悲シクテタメ息ツクヨ」

頭の中でイメージしてきたものが音を立てて崩れていく。

月のため息？

漆黒の山は月の嘆きが作り上げた寂嘆《せきたん》の山、そして月が泣くとそれは結晶して月の涙になる。

「ため息と涙……」

「月ノ涙、トテモ貴重、アゲルコトデキナイ」

「ダカラ自分デサガシテクダサイ」

汰央の横で肩をすぼめる狢。

「でも僕ら、月の涙を見たことないんです」

「ジャー見セマショー。月ノ涙デス」

トトの手の上に片手のひらほどの大きさの白く濁った石があった。

「え、これ？」

「磨カナイト光ラナイ。ダカラナカナカ見ツカラナイ」

それは気品に満ち、闇の中で光沢を放って優雅に輝く奇跡の石、ではなかった。非常用持ち出し袋の中のカンパンの缶の底の氷砂糖さながら、どこにでもありそうな白っぽい石で、汰央たちの想像とはかけ離れていた。

「月ノ涙、ナカナカ見ツカラナイ、アゲルコトデキナイ」

「じゃ交換よ」

「ナニトコウカン？」

カナデの提案も早かったが女神の反応も早かった。

「そ、そうね、ほら狢、さっきのあれあるでしょ」

「え、ええっとえ〜と、これ？」

狢がためらいながら出したのは、ロゼより赤に近いボルドーワインのような赤い宝石。

「ナンテウツクシイデスカ、ソレ、ホウセキデスカ？」

「ルビーだと思うよ」

「オー、ルビー！　キレイキレイ、トテモキレイデス」

「じゃあこれと月の涙を交換してくれる？」

間髪入れずにカナデが詰め寄る。

「ハイ、ルビート月ノ涙、コウカンイタシマス」

「狢、メリーのを拾ってきたんだね！」

興奮する汰央。

「よかった、こんなところで宝石が役に立つなんてさ」

「結局宝石拾ってきたのって狢だけ？」

カナデは雪のようなため息をついたが、汰央は望みを託すように続けた。

「もしかして狢、他にも持っていたりする？」

「うん実は……」

プシッと音を立てて狢がジャンプすると、アイボリーのモフモフした毛の中から大振りのエメラルドが地面に転がり出た。ラッキーが小惑星のように輝くエメラルドを両手で拾い上げ、女神に差し出した。

「ファビュラス！　コウカンイタシマス」

「いいぞ狢、もっと出せ！」

プシップシッ。一体何カラットあるのか見当もつかない大きなダイヤが高貴な輝きを放って転がり落ちた。食い入るように見つめるカナデ、だがしかし差し出す時は潔《いさぎよ》かった。

「世界一のダイヤよ」

「オーマイガー！」

「いいぞ、その調子、これで三個目だ！」

狢はもうないと知っていたが、汰央に絆《ほだ》されヤケクソで跳んだ。すると意外なことに琥珀色の巨大なガーネットが背中から転がり出た。

「なんで？　そんなの拾ったかなぁ？」

「四個目ゲットだ！」

「ワンダフル！　ビューティフル！」

「石ノ上ニモ執念」

片言っぽい女神たちの言葉は所々意味不明だったが、とにかく月の涙は四個そろった。

「変だなあ」

その時汰央は毛繕《けづくろ》いしながら歩いていたメリーを思い出した。

「メリーだ、メリーが毛の中に宝石を仕込んでおいてくれたんだ！」

「そうかあの時」

「狢、あきらめないで跳べ！」

プシップシップシップシップシッ。

「あと一個だ。頼む、出してくれ」

「どう見ても、もう出ないんじゃない？」

背中に鋭い視線を走らせていたカナデが言うと、

「あるよ」

「えっ？」

うろたえるたぬき。

「亜美、あるってどこに？」

汰央が身を乗り出す。

「えっとあのね……」

「亜美が持ってるんじゃないの？」

「違うよ、狢もう一個あるでしょ？」

「へ？　どこ？」

「思い出して、ＺＬ《ゼットエル》」

「ゼットエル？？　あっ、ある！」

ポカンとしているみんなに向かって狢が叫んだ。ＺＬはポトスの葉のような狢の耳の中から出てきた。

「か、か、か」

「隠したことすっかり忘れていたよ」

「やるわね狢、耳の穴に隠し持っていたなんて」

「いやそれほどでも」

狢はカナデに言われて褒《ほ》められたのか貶《けな》されたのかわからないまま恐縮した。

「やったぞ、これで全部そろった」

汰央は五個目の特大真珠を握りしめ、満月の空に高くかざした。するとどこからか大きな青い鳥が一羽飛んできて女神の腕に止まった。色は違うがジギーにそっくりだ。青い羽を広げて飛んでいる姿は悠然として美しく、首から腹にかけての輝くような山吹色《やまぶきいろ》にみんなの目が釘付けになった。

「レミガ皆サマヲゴ案内イタシマス」

ルリコンゴウインコのレミについて谷を取り巻く山間を抜けると、そこはもう森ではなく、荒涼とした地平がどこまでも続いていた。だがレミの目には灰色に聳《そび》え立つ巨大な石の躯体《くたい》が見えていた。ほどなく辺際《へんさい》を歩く五人の前に出現するのはパビリオンのようなEスクエアの石壁、モノクロの冷厳な要塞。その建築の祖型のような構造は物質的存在感を露《あら》わにした美の希求なのか、それとも唐突な終わりか。虚空に立ち現れた石の砦は、人智を超えてそれ自体が何か深い思惑を持っているかのように森厳《しんげん》と佇立《ちょりつ》していた。

第五章　浄化への一閃《いっせん》

Eスクエア

　三方の壁と天井、そして床もすべて石だ。外界《がいかい》との境に壁はなく、地続きに出現した巨大な横穴、その囲繞《いじょう》された空間に月の光が陰影を作っていた。聳《そび》え立つ崖壁《がいへき》が汰央たちを睥睨《へいげい》するように見下ろしている。正面には石壁を削っただけの階段が、前衛派の彫刻のように大きく「くの字」を描いて天井まで続いていた、その壁には三つのドアが付いており、天井付近に赤いドア、くの字の曲がり角付近に黄色いドア、そして一番下に青いドア。

「リデア！」

　突然カナデが叫んだ。振り向いた時、少女は五人のすぐ後ろに立っていた。カナデの困惑をよそにみんなは降って湧いたように現れたその類いまれな美貌の少女に見入っていた。

「みなさま、ようこそおいでくださいました、さっそくエジンバラ卿の所へご案内いたします」

「あ、あ、あの」

言葉につまっているのはラッキーではなく汰央だ。状況の急展開に戸惑った汰央は、少し年下に見えるその少女に向かって言った。

「君は誰？　ここの人？」

「はい、Ｅスクエアのガイドをしております、リデアと申します」

「やっぱりリデア！」

再びカナデが叫ぶ。

「ここで何をしているの？」

「ガイドよ」

「ガイド？」

「そう、あなたたちが来るのを待っていたのよ」

「なんでリデアが？」

「あなたこそ、よくここへ来られたわね、カナデ」

「ちょっと待って」

声を出したのは狢だ、亜美も焦《じ》れて言う。

「ねぇカナデ、誰なの？」

リデアを見たままカナデが答える。

「私のお姉ちゃん」

§

カナデとリデア、この天使のような美貌の姉妹。なるほど確かに似てはいるが目と髪の色が違うし、何より気怠《けだる》い鬱々としたものがリデアにはない。実に朗々として活発そうだ。リデアは卒なく動いて五人を青いドアの前に誘導した。

「さあみなさま、中へお入りください」

青いドアの向こうにあったのは子どもの遊び場のような広々としたスペース。床には薔薇色《オールドローズ》のカーペットが敷き詰めてあり、遊具と思われるカラフルな円柱《コラム》や立方体《キューブ》があちこちに置かれている。それらの遊具を見ていると、いつか見た夢の中にでもいるような不思議な気分になってくる。とりわけ狢と亜美にはおぼろげながら幼少期の記憶が残っていた。二人は忘れかけていた幼い頃の記憶を瞬時によみがえらせていた。

亜美の父、皆藤雄一は妻を亡くしたあと、一時期ひんぱんに病院に通い詰めていた。幼い頃の亜美は虚弱で小学校に上がるまで病気がちだったためだ。その折によく利用したのが病院内の託児ルームだ。一方liの母、室本萌子も同じ託児ルームに正志を預けて看護師を続けていた。その託児ルームの床には薔薇色《オールドローズ》のカーペットが敷き詰められており、子どもが乗って遊べるさまざまな形の遊具があった。三歳になった亜美のお気に入りは赤い大きな立方体《キューブ》だった。

ある時、亜美より何歳か年上の正志がこのキューブの上に座っていた。正志は入ってきた亜美に気がつくとさりげなくキューブを離れた。言葉を交わしたことはなかったが、時々来る小さな女の子のことが正志は気になっていたのだ。それでたくさんの子どもが使いたがる赤いキューブをその子のためにキープしていたというわけだ。亜美が歩み寄ってきてキューブの上に座るのを見届けると、正志は安心したように電車の玩具で遊び出した。そんな様子をドアの円いのぞき窓から雄一がそっと見守っていた。

§

リデアの案内で薔薇色《オールドローズ》のカーペットを敷き詰めた部屋を奥へと進んだ汰央たち五人は、

今度はＴＥＡ・ＲＯＯＭと書かれたドアの前に立っていた。

「こちらへどうぞ」

ドアを開けると柔らかな光が五人を包んだ。その光の中に誰かがいる。完璧なモストフォーマル、まぶしく輝く帽子のクラウン。みんなが息を呑んで見守る先には他でもないエジンバラ卿が従容《しょうよう》として立っていた。

「あなたが……」

「汰央だね、君の勇気を讃《たた》えよう」

そしてまたまた叫ぶカナデ。

「おじいちゃま！」

「カナデ、おじいちゃまはここではエジンバラ卿なのよ」

間髪を入れずリデアが訂正する。

「おじいちゃまは死んじゃったのになぜここにいるの？」

「だからエジンバラ卿なのよ」

狢は思った。リデアの言ってるのってつまり、おじいちゃんの名前が二つあるってことか？

理系の狢は文法に暗かった。

「みんなよく来た、待っていたよ」

口と顎《あご》にふさふさとひげをたくわえ、シルクハットに燕尾服《えんびふく》、ウィングカラーのイカ胸シャツにレガートを結び白い手袋をはめている。黒いスラックスの側章は二本、ピカピカに磨かれた靴はストレートチップのオックスフォード、ボタンを外した上着の下の襟の付いた白ピケのベスト、恰幅《かっぷく》の良さを生かしたコーディネートはファッション界の重鎮といって差し支えない。

「おじいちゃま、じゃなくてエジンバラ卿」

エジンバラ卿が寵愛《ちょうあい》に満ちたまなざしでカナデを見る。

「エジンバラ卿はここでえ〜と……」

「プリンスノーを作っているんですね？」

狢に続けて汰央が言う。

「いかにも、興味あるかね」

「はい」

「君たちがカトマンザの森を歩いてこちらへやってくる様子を肌で感じていたよ」

あれ、なんか似てる。

狢はカプリスを思い出した。

「静寂の森を抜け、満月の谷に出て寂嘆の山で月の涙を手に入れた時にはリデアとこのお茶で乾杯した」

「クローチェだ！」

「覚えていたかねカナデ」

「うん」

「そうか覚えておったか」

嬉しそうなエジンバラ卿。

「実はおまえに言い忘れたことがあってな」

狢の耳がピクリと反応した。

「またこうしておまえに会えるのを心待ちにしておったんじゃ」

「私も会えて嬉しい」

「そうかそうか、まあ話はあとでゆっくりするとしよう」

エジンバラ卿は派手なのにどこか清貧《せいひん》さの漂う黒いシルクハットの鍔《ブリム》を少しだけ持ち上げてリデアに合図をした。するとリデアはロンドンのセント・ジェームス通りにある老舗《しにせ》帽子屋のすべてを心得ているといったキュレーターのように立ちまわって素早く人数分の温かいお茶を用意した。

「これはクローチェといっての、ロシアの森の白樺に生える大変希少なキノコのお茶じゃよ」

「おいしいよ」

こんなに明るく喋るカナデを見たのはみんな初めてだった。

「どうじゃな？」

「おいしいです」

確かにお茶はおいしかった。赤褐色の液体《リキッド》が喉を通って身体に流れ込むと、身体の芯から元気が湧いてくるような気がした。

「何か身体の芯から元気が湧いてくるような気がするじゃろう？」

「そんな気がします」

「気のせいではないぞ、そりゃ本物の元気じゃよ」

エジンバラ卿は右手で顎《あご》ひげをいじくりながら満足げに微笑んだ。と、亜美が言った。

「私、このキノコの話聞いたことある」

するとエジンバラ卿は好奇心を隠さず少年のように目を輝かせて亜美の顔を見た。

「ほほう、一体どこで聞いたんじゃな？」

「かぐや姫が言っていました。山のはずれの大きな白樺の木に生える珍しいキノコで、強い生命力があるって」

「なんと、かぐや姫じゃと?」

「実は私、本物のかぐや姫に会っちゃったんです」

「ほほう、それはすごい」

「かぐや姫は月に帰ったと思われているけれど本当はそうじゃなくて、時空を超えて反対側の世界へ行ったんです」

「反対側の世界?」

亜美はコクンとうなずいて続けた。

「竹の切り口が時空の入り口なんです、かぐや姫は時空を超えて本物のお父さんがいる所に帰ったの」

「ナルホド」

エジンバラ卿は感心しながらふさふさとした顎ひげを右手でなで回した。

「それでお別れする時お爺さんとお婆さんにクローチェをプレゼントしたと言っていました」

「そうかそうか、そうじゃったか。かぐや姫がクローチェを」

「確か物語では不死の薬を渡すはずですね」

そう言ったのはリデアだった。

「不死の薬っていうのはクローチェのことで、だから二人は今でも物語の中に生き続けているって」

「ナルホドナルホド」

エジンバラ卿は深く感銘を受けた様子で何度もうなずくと、目を細めてクローチェティーをすすった。

ＴＥＡ・ＲＯＯＭには光があふれていた。嵌《は》め殺しの窓から射し込んでくる柔らかい光が部屋の隅々まで行き届き、Ｅスクエアに入ってきた時の閉塞した感じとは逆に開放感に満ちている。どこもかしこも真っ白な室内に置かれたテーブルと椅子を見て、汰央はカトマンザのキッチンみたいだと思った。

リデアがカップを片付けると汰央がポケットから慎重に何かを取り出してテーブルの上に置いた。

「エジンバラ卿、これを」

「おお、そうじゃったそうじゃった」

片手に持てるくらいのやや歪《いびつ》な紡錘形《ぼうすいけい》の塊で、比重は水晶のそれに近い。エジンバラ卿は左目にルーペを当てるとその中の一つをおもむろに手に取った。そして胸ポケットからシルクのハンカチを取り出し注意深く三回ほどこすった、すると……

「光った」

汰央が身を乗り出す。

「本物じゃな」

こすった部分がまばゆく輝いている。

「見事なものじゃ」

テーブルの上に並んだ五つの月の涙、それは汰央たち五人とカトマンザの仲間たち、灰の降るラブドームと地球上の生き物すべてを救う貴石《プレシャスストーン》だ。

「みんな本当にご苦労じゃった。この月の涙がきっとEスクエアを救ってくれるじゃろう。そして世の中を刷新し、地球に再び未来を齎《もたら》すことじゃろう」

美しい二人の女神トトとトゥエリスは、あの満月の谷の「寂嘆の山」でこれからも貴重な月の涙を探し続けていくのだろうか。

「さて、君たちが運んできた月の涙の威力をすぐにでも試したいところじゃが、今日のところはゆっくりと休んで明日に備えるのじゃ」

「わかりました」

そう言いながらも少し残念そうな汰央。

「ところでカプリスとナンシーは元気でおったかな？」

「カプリスを知っているんですか？」

「もちろんじゃよ、カプリスは同憂の士じゃからのう」

「同憂の士？」

「ああそうじゃとも、我々は目的を同じくする仲間なんじゃよ」

汰央とエジンバラ卿の会話をじっと聞いていた亜美が言った。

「エジンバラ卿はカプリスに会ったことがあるの？」

「会うも何もいつも一緒に作戦を練っとるよ、最近はネットで練っとる。はっはっは」

ダジャレにかまっている場合ではなかった。エジンバラ卿の言葉に亜美は狢のように目を丸くし、狢は丸い目を更に丸くして両耳をピンと立て、カナデはかすかに身体を強ばらせ、ラッキーは無言のままつっかえ、汰央は幾分青ざめた。みんながカプリスの正体を知りたかった。

「はっはっはっ……正体かね」

「だって僕たち、一度もカプリスに会ったことがないんです」

「いやあ失礼、笑ったりしてすまん。あのイカした御仁《ジェントルマン》のことを話し出したらキリがない」

「じゃあイケメンなのね？」

「ああ、イケメンじゃよ。しかもお洒落じゃ」

「オシャレ？」

「そう、何を着てもサマになる。スラリとして背が高く、日焼けした肌に白い歯、奥まった目は薄いグリーンで形の良い顎が骨格の美しさを引き立てておる。たとえるなら古代ローマの彫刻のようじゃな。この前はオックスブラッドの長袖シャツにゴールデンイエローの綿パンをはいておったよ。白いローカットスニーカーにな、……おや？」

うつむいた亜美の肩が震えている。やるせない理不尽が一気に押し寄せ涙に変わったのだ。

「わしはちょっとお喋りが過ぎたようじゃ」

エジンバラ卿はしゅんとした様子でシルクハットのブリムを下げ、リデアに向かって何やら合図をすると、反省したように肩を落として光の向こうへ消えていった。

「みなさん、今日はお疲れでしょうからご用意したお部屋でゆっくりお休みください」

そしてリデアはちょっと間を置いてから囁くようにして亜美に言った。

「大切なものは目に見えないと言うわ。元気を出して」

旅の疲れも出て亜美は清潔なベッドに横たわるとすぐに寝入ってしまった。狢も強烈な睡魔に襲われヘソ天で眠りこけていた、ラッキーには上等なハンモックが用意されていた。

一方汰央はリデアとＴＥＡ・ＲＯＯＭに残っていた。

「この窓の向こうは？」

「エジンバラ卿の研究室です」

「やっぱりそうか。で、この光は？」

「プリンスノーの光です、エジンバラ卿は森の酸素と純粋な愛の分子でプリンスノーを作るのです」

「純粋な愛の分子？」

「ええそうです」

リデアについて研究室に足を踏み入れるとたくさんの木が枝を広げて立っていた。林檎の木ほどの潅木《かんぼく》だが葉は一枚もなく、どの木も白樺のように白く光っている。

「木が光っている」

「プリンスノーを作っているのです」

「これが？」

幹も枝もキラキラと輝いている。そのそばには何やら複雑な形をした幾つかの機械が置かれた作業台《ワークテーブル》がある。壁はすべてガラス張りで、ガラスの向こうに月明かりの薄暗い森が見えていた。

「ここは異界と俗界が出くわす聖域です、この不可思議な空間にはありとあらゆる愛が流れ込んでくるのです。男女の愛、師弟愛、兄弟愛、家族愛、そして殊《こと》さら純度の高い親子愛」

「純度？」

「不純な物が混じっているとダメなのです」

「不純なものって？」

「例えばそうね、見返りを求めたり、私欲があっては純粋な愛とは言えません。愛とは無償のものですから」

「見分けられるの？」

リデアが窓の向こうに目をやりながら答える。

「モンシロチョウの羽は必ずしも真っ白ではないでしょう？」

「モンシロチョウ？」

汰央も森に目をやりながら答える。

「まあ、そうだね」

「純粋な愛の分子は純白のモンシロチョウから集めるのです」

「モンシロチョウから？」

「森に愛が流れ込んでくると言いましたね、愛をまとえばまとうほど白くなる個体がいるのです」

「愛を、まとう」

「純白の蝶の羽に溶存する愛の分子ＰＬＭ《ピーエルエム》は、森が作る濃度の高い酸素と結びつき、高性能のプリンスノーになります。高性能のプリンスノーからは高い活性が得られます」

「高い活性」

「ＰＬＭだけが固体化するとストロングラブという結晶になります」

「ストロングラブ」

どこかで聞いたな……

「じゃあエジンバラ卿は白い蝶を探しに？」

「朝露のなくなる午前九時頃がよいそうです」

「酸素の方は？」

「ミドリシジミという蝶がいます」

「ゼフィルスのこと？」

「そう、よくご存じですね。別名碧い宝石ともいわれるゼフィルスは、通常高い山などに生息していますが、綺麗な空気があれば低地にも降りてくるのです」

「ゼフィルスがいる所には濃度の高い酸素があるということか」

「その通りです。モンシロチョウとゼフィルスが分子を採取する有力な手懸かりなのです」

「蝶が手懸かりなんだ……」

「化学とは極めて神懸かり的なものなのです」

エジンバラ卿の助手だけあってリデアの説明には説得力がある。

「で、さっき木がプリンスノーを作ってるって言ってたけど？」

「昇華をご存じ？」

「ショーカ？」

「サブリメーション、一般的には固体から気体、でもここでは逆に気体から固体への昇華です」

「つまり、気体が液体の状態を経ずに固体化することだね？」

「その通り、話が早いわ」

カナデ

エジンバラ卿の部屋はこじんまりとしていた。書斎机と椅子、波硝子《なみがらす》の嵌《は》まった本棚と簡素なベッド。カバーリングの襟元《えりもと》にキルトが掛けてある以外はこれといって目立ったものはないが、サイドテーブルの上の銀のフォトフレームの写真はカナデの知らない女性だった。

窓から森が見える。その窓辺に大きな青い鳥がいた。

「おや、レミじゃないかね」

長く尾を引いて鮮やかな色の羽をたたんでいる。

「レミを覚えているじゃろうカナデ、おまえたちをここまで案内してくれたはずじゃ」

「覚えているよ、ジギーにそっくりなんだもの」

「ジギー？　おお、カプリスのところにいる朝を告げる鳥じゃな」

エジンバラ卿は狭い部屋の中を徘徊しながら、ふさふさの顎ひげをなでていた手を握って口に当てると咳払いを一つした。

「ウォッホン」

そして頸椎《けいつい》の具合でも確かめるように顎を引いたり背筋を伸ばしたりしてから両手を後ろに回して背中の下で組んだ。

「どうじゃカナデ、疲れていないかね？」

「大丈夫だよ」

「そうかそうか」

行ったり来たりしていた足を止めて安心したようにカナデを見る。

「さてと、おまえにどうしても伝えておきたいことがあるんじゃよ」

エジンバラ卿はカナデをベッドの上に座らせると、燕尾服のテールをたくし上げて自分も窓際の椅子に腰掛けた。

「大事なことを言いそびれておったんじゃ」

そしてカナデの様子を確かめながら穏やかな声でゆっくりと話し出した。

「おまえのママは腕の立つお針子じゃった。見事なキルトを幾つも作り上げた」

カメラのファインダーでも絞るようにしてどこか中空の一点を見つめ、エジンバラ卿は七年前に亡くなったカナデの母親の話をし始めた。

「エフェメラがお針子を集めてきて『キルトの森』を開いたのは、おまえが生まれる前のことじゃった」

トルキッシュブルーのブラウスに赤ワイン色《バーガンディー》のスカート、印象的な美しさを持つエフェメラが蔦倉家《つたくらけ》に嫁いできて、蔦の家はまるで色彩を帯びたように華やいだ。だがカナデにはエフェメラの記憶はない。

「アボンヌが一緒に住むようになったのもこの頃じゃったのう」

エフェエメラの妹アボンヌは、幼い頃からリデアとカナデの母親代わりだった。幼い姉妹は若い叔母を「アボ」と呼んで慕った。エフェエメラの死後、まだ物心もついていないカナデは母親の記憶を残さぬままアボンヌに育てられたのだった。そして父誠二《せいじ》も二年前、カナデが七歳の時に世を去っていた。誠二《せいじ》は癌を患っていた。

今から十五年前、カナデの父、蔦倉誠二《つたくらせいじ》は北凜館《ほくりんかん》大学博士課程を修了後、若くして准教授のポストに就いたが、キャリアを積む間もなく癌がわかった。抗体治療や免疫療法を試みても思わしい結果は得られず、腫瘍マーカーの数値は跳ね上がっていた。母親の遺伝因子でもある癌の発症は、誠二から生きる気力を奪っていった。取り組んできた専攻分野の研究意欲さえも失いかけていた誠二がロシアの留学生エフェエメラと出会ったのはそんな折だった。場所は混雑する学生食堂。

「隣、いいですか?」

声の主は金髪だった。


「どうぞ」

「あなた先生ですか？」

「ええ」

「なんの先生ですか？」

「今、研究室にいるんで」

「なんの研究ですか？」

「薬理学」

「あれまあ～ステキ、行動薬理学に興味あります」


エフエメラの覚えたての日本語に思わず苦笑しながら、誠二は改めて小柄なエフエメラの顔を見た。明るいブロンドの髪が肩に掛かり、透き通るような頬には健康そうな赤みが差している。

「研究留学生のエフェメラ・グランテです」

「薬学研究室の蔦倉誠二です」

碧《あお》い目がまぶたの奥で宇宙のように翳《かげ》っている。

「モスクワ大からですか？」

「はい」

「学部は？」

「心理学部でプラセボの研究を」

「プラセボの？」

誠二《せいじ》が研究室に残ったのは薬理学がさまざまな分野とリンクして、やがては疾病治療にもつながっていくと考えたからだ。生物学や免疫学、心理学との関連性も深い。学生食堂でプラセボ効果の話をするうち、誠二はエフェメラに興味を抱いた。

「ネンメーアの話？」

誠二が挙げた臨床事例に関心を寄せるエフェメラ。

「ネンメーアという偽薬を処方して不眠症の人に飲ませ効果を上げたという話、中身は澱《でん》粉《ぷん》なんだけどね」

「澱粉で眠れた？」

「そうなんだ」


エフェメラにつられて誠二も笑った。


「動物にはもともと自然治癒力がありますね」

「人間の場合それに心理効果がプラスされる」

「プラセボはラテン語で慰めるの意味。ロイヤルタッチ、シャマニズム、呪術、お祓《はら》い、これみんな医学と思います」

「つまり、暗示？」

「そう、おまじない」

エフエメラの見解は常識にとらわれず斬新《ざんしん》だった。そしてその思想こそ彼女が実生活の中で究悉《きゅうしつ》せんとしていた分野だった。二人は言葉の壁を超えて互いの距離を縮めていった。だが誠二は自分の気持ちに歯止めを掛けた。

「CTで胸部の癌がわかった時、来るべきものが来たと思った、母親と同じ癌なんだ。結論から言うと僕は自分の人生に於いて結婚を考えてはいない」

それを聞いたエフエメラは真っすぐに誠二の目を見て言った。

「まさか、癌だから結婚しないと言った？」

誠二は続ける。

「癌を抱えた人生に君を巻き込みたくない」

「私そう思わない」

エフェメラはキッパリと言った。

「ヒトはいつ死ぬかわからない、病気関係ない」

「でも少なくとも死亡リスクは健康な人より高い」

「あのねえセージ、そのような考えをしていると人生のクォリティが下がっていくよ」

相当な決心をして癌を告白した誠二はいつもと変わらぬ調子で話すエフェメラの予想外の反応にとまどった。

「癌だってことを気にしないで過ごせというのかい？」

「それは難しくない？」

「難しい。僕だって恐怖心はあるからね」

「私思うのは、結婚とはお互いの人生を支え合うためのものじゃない？」

誠二が癌だと知っても憐《あわ》れんだり嘆いたりする様子がない。それどころかエフェメラは癌であるならなおのこと伴侶《パートナー》が必要だと言う。誠二には彼女の強さがまぶしかった。やがて二人は国境を越えて結ばれ待望の子どもを授かった。

その屋敷は蔦の家と呼ばれていた。珍しい腰折れ屋根《マンサード》の洋館で、北凜館大学が招聘《しょうへい》していた英国の植物学者ジョセフ・バンクックが日本滞在時に暮らした屋敷だ。彼が帰国する際、その頃助教授だったエジンバラ卿、即ち蔦倉兌爾《つたくらえいじ》がこの蔦の家を譲り受け、妻雅《みやび》と生まれて間もない赤ん坊の誠二を連れて移り住んだのだ。時が流れ、雅が癌で他界し、息子の誠二もまた同じ癌に侵されているとわかった。悲しみに沈んでいたところに太陽のようなエフェメラを迎えて兌爾《えいじ》も心から喜んだ。そして兌爾《えいじ》にとっては孫娘となるリデアとカナデが生まれた。

兌爾《えいじ》の妻、雅が医者に余命宣告を受けたのは今から三十年ほど前のことだ。その時兌爾は雅の生きる可能性を探してあらゆる文献を渉猟《しょうりょう》し、とうとうクローチェというキノコにたどり着いた。クロトモロタケの菌核のことをそう呼ぶ。北方の白樺の幹に付いて育つ寒冷地特有のキノコで成長すると石炭のような黒い塊になり、寄生した白樺を枯死《こし》させるほどの強い生命力を持つ。植物学者の兌爾はベータグルカンという多糖類の免疫効果に着目したのだ。三十年の歳月を遡《さかのぼ》り、雄大なアルタイの森の神秘を愛しいカナデに語って聞かせるエジンバラ卿。

「森の中はありとあらゆる魂が宿る底なしで不可思議な空間じゃ。良い書物と同じで足を踏み入れるたびにまだ読んでいないページが見つかる。わしはクローチェを探して姿の見えない先人の後ろに続くように歩いた。無意識の世界に嵌《は》まり込んで夢中で歩いていると、不意に森の中に一人佇《たたず》む異様さに気づく時がある、そんな時はスッと血の気が引いていくのがわかるんじゃ」

エジンバラ卿はじっと耳を傾けているカナデが話の内容をしっかりと受け止めているのを感じながら滔々《とうとう》と語って聞かせた。

「じゃが探索は困難を極めた。森の木は白樺だけではない、白樺があってもそのすべてにキノコが着生しているわけではない」

およそ二万本に一本の割合でそれは見つかる。運よく見つかっても充分に生育しているものは少ない。兌爾はブッシュを踏み分け三日間、休まず歩き回った。

「あの時は暗い森の中で天に見放されたと感じたよ、闇雲《やみくも》に歩き回って完全に方角を見失ってしまったんじゃ」

クローチェは見つからず、ロシアの森の奥で意識が薄れかけていた。

「女神に出会ったのはその時じゃ」

「女神？」

「その娘はわしには女神に見えた。女神はこちらに歩いてくると信じがたいことに日本語で話しかけてきた、大丈夫ですかと言ったんじゃ」

兌爾は耳も目も、ついでに頭も疑った。

「娘は言った。日本人ですね、ナップザックにツタクラエイジと書いてあると」

娘は兌爾を馬車の荷台に乗せ河畔の家に連れ帰った。

「衰弱していたわしは美しい女神のお陰で命をつなぎとめたんじゃ。流暢《りゅうちょう》な日本語を話す娘は名前をハンナと言っての、父親が日本人じゃった。苗字は江連《えづれ》と言ったのう。いずれは母親と日本にいる父親の元で一緒に暮らすと言っておった。彼女はありったけのクローチェを袋に詰めてくれた。それを持ってわしは文字通り日本に飛んで帰ったんじゃ」

しかし雅は兌爾が帰国した夜、静かに息を引き取った。

「ハンナに手紙を出したのは、あとにも先にも一回だけじゃった、そして彼女からも生涯一通だけの手紙が届いた」

カナデの大きな瞳が動いてサイドテーブルの上の銀のフォトフレームに止まった。エジンバラ卿はハンナの写真に見入りながら感心して言った。

「おまえさんにはなんでも見抜かれてしまうのう、カナデ」

そしてそのあとポツリと言ったカナデの一言に、エジンバラ卿は飛び上がるほど驚いた。

第五章　浄化への一閃

「この人、汰央の伯母さんだよ」

「な、なんじゃと？　そりゃ確かかね？」

「うん」

「そうか汰央にはロシアの血が流れておるのか」

エジンバラ卿は興奮冷めやらぬ様子で、何度も口ひげをなでた。

「確かに汰央はそういう顔をしておる」

「パパはクローチェを飲んだ？」

「ああ飲んださ、今では随分とクローチェの知名度も上がってきたようじゃ」

「パパはクローチェを飲んでも治らなかったの？」

「誠二の死は癌のせいじゃない、癌は治っておったんじゃよ」

「え？」

「自然寛解《かんかい》と言っての、癌が急速に退縮し始めて、そのうち消えてしまったんじゃよ。不思議なことがあるものじゃ」

「それじゃあパパはどうして死んだの？」

「さあ、カナデはどう思うね？」

「……死にたかったから？」

「うむ、命を絶ったわけではないがね」

「でも死にたいと思ったの？」

「心が身体をコントロールすることを生体自己制御《バイオフィードバック》という。人間というものは大方《おおかた》心で生かされておる存在じゃ。プラセボ効果もそうじゃがニセモノの薬で症状が劇的に改善することもある。誠二はそのメカニズムを分子レベルで解明しようとしておった。人間本来の能力を追求していたのかもしれん、そして自らの命でそれを証明したのかもしれんのう」

「パパは願いを叶えたのね」

「誠二がおまえたちをどれほど愛していたかはこのわしが一番よく知っておる。おまえたちと別れるのは何よりつらかったじゃろう」

「それでもパパは死ぬことにした、パパはママのところに行きたかったの？」

「そうじゃな、もしかしたらママとこっそり約束しとったのかもしれんのう」

「じゃあ約束を守ったんだね」

「今頃二人で天国からこの森をながめているかもしれん」

「そうだといいな」

「カナデ、おまえのその目にはなんでもわかってしまうんじゃのう」

「だってこの目、ママの目なんでしょ」

「んっ？　今、なんと言ったね？」

「ママが私に目をくれたんでしょ」

エジンバラ卿はゴクッと唾を呑み、返答する代わりに小さな目をパチパチとしばたたいた。それからちょっと前かがみになり白い手袋を嵌《は》めた両手を膝の上に置いてギュッと握った。そして意を決したように背筋を伸ばして声を出した。

「そうじゃ、その通りじゃカナデ」

カナデは二歳まで盲目だった。盲目芽細胞腫《もうもくがさいぼうしゅ》は網膜に発生する先天性の癌で、発症は三歳以下の子どもに限られている。症例が少なく治療法がない極めて重篤な病気だ。この病気には暗闇で目が光る白色瞳孔という特徴がある。エフェメラは、生後三ヶ月のカナデの目がきらきらと不可思議に光るのを見逃さなかった。腫瘍は悪性で、転移すれば即座に命に関わる。視神経は脳に近く、摘出してしまわなければ三歳まで生きられない。しかも腫瘍のみの切除は禁忌とされている、つまり手術とは眼球そのものを取り除くことを意味していた。眼球摘出という言葉を聞いた時、エフェメラは意識が薄れるのを感じた。神はカナデの宝石のような両目を奪おうというのか？

盲目に生まれたことも母の温もりも知らずにこの蔦の家でカナデは育った。エフェメラはカナデが三歳になる直前に急死したのだ。

「ママはどうやって死んだの？　ママも死を願ったの？」

それを聞くとエジンバラ卿はうつむいて首を振り、振り過ぎて落ちそうになったシルクハットをかぶり直してふさふさしたひげの間でポッと口を開けたまま深いため息をついた。

「わからんのじゃ。エフェメラの死は余りに突然で原因は最後までわからず仕舞いじゃった」

エフェメラは結婚するとキルトの制作と共に呪術の世界に傾倒していった。聖霊ロアや七人の神オリシャを祀《まつ》りヴェヴェという祭壇を飾った。夜になるとたくさんの蝋燭《キャンドル》を灯しブードゥーを唱えた。ブードゥーとはアフリカの黒人奴隷がやり場のない苦しみに打ち勝つために己の内面に強い精神力を宿そうとして行った儀式だ。誰かに呪いを掛ける黒魔術のように思われているがそうではない。実際はひたむきな愛の儀式なのだ。

「ママは私の犠牲になったのね」

「そうではない、それだけは違うぞカナデ」

カナデはこういう時じっと聞く性質がある、自分の考えを否定された時だ。

「エフェメラの死は謎のままじゃ、ただわかることだってある」

エジンバラ卿はベッドの布団の襟元に掛けてあったキルトを手に取った。周りにスカラップのパイピングが施してある可愛らしいキルトだ。

「これがなんだと思うね？」

黙って首を横に振るカナデ。

「おくるみじゃよ、エフエメラが自分の着ていた服で作っておった。おまえが生まれる前に大きなおなかで縫っとったのを昨日のことのように覚えとるよ」

キルトの起源はリサイクルにある。すり切れた箇所の補強や身にまとって保温性を高めるなど、布を節約し再利用するというつつましい暮らしの知恵から生まれた技術だ。ヨーロッパやフランス、中国などでも作られるキルトのおくるみは赤ん坊を悪霊や邪視《じゃし》から守るとされており、世代継承の思いも込めて家族が繰り返し身に着けた古着を使って作る。ランダムな布片《パッチ》をつなぎ合わせたクレージーパッチワークなどは十九世紀の西洋の窮乏《きゅうぼう》が生み出した工芸品の傑作だ。時代が移り、部屋や家具を引き立てるための装飾へと変化しても、エフエメラはキルトの原点を忘れなかった。おくるみを手に取るカナデを見ながらエジンバラ卿は続けた。

「おまえが生まれた日は忘れもせん、夜中に誠二と新生児室のガラス窓に張り付いてのう……」

エジンバラ卿はかさかさと帽子のブリムを動かしながら言った。

「髪と目の色がエフエメラにそっくりじゃった」

カナデはおくるみを手に持ったままエジンバラ卿の話に耳を傾ける。

「ところがある日、おまえの目の異常がわかった。盲目芽細胞腫という非常に珍しい病気で、三歳の誕生日までに両の目を取り出さんと死んでしまうというのじゃ。エフェメラの苦しみは計り知れん、そばにいたわしとてわからん。わしはなんとしてもこの母の想いをおまえに伝えておきたかったんじゃ」

遠い記憶をたどるためのキーワードが壁にでも書かれているのか、エジンバラ卿は顔を上げてどこか上の方をしきりに見ながら続けた。

「朝になるとよくまぶたを腫《は》らしておった。悲しみに取りつかれて眠れず、夜中に大量の粥《かゆ》を作っていたこともあったのう、あの時はエフェメラの気が違ってしまったのかと思って心底心配したものじゃ。じゃが、粥は美味じゃった。極東《きょくとう》シベリアのツンドラ地帯に住む少数民族ナナイの食べ物でラーラという粥らしい。ナナイにはシャマンという巫女《みこ》がおっての、神に捧げるために煮るというその粥をおまえを囲んでみんなで食べた」

ふとエジンバラ卿の言葉が途切れた。口ひげが小刻みに震え小さな目が潤《うる》んでいた。

「エフェメラはシークインとかいう飾りを嫌ってのう、白色瞳孔《はくしょくどうこう》というおまえの目の病気の特徴を思わせたんじゃろう。シークインが付いているものはすべて壁から外してしまった。あれを作り始めたのはちょうどその頃じゃったのう」

「あれって？」

「キルトに願いを込めたんじゃな」

　ふとカナデはエジンバラ卿の声に陽だまりのような温かさを感じた。

「エジプトではミイラを包んだというログ・キャビンはパッチワークの最古の形態といわれる、エフエメラはそれをお針子たちと一年がかりで仕上げた」

「それ、どこにあるの？」

「歴史博物館じゃ。蔦の家を手放した時、アボンヌのお陰で多くのキルトは散逸《さんいつ》を免れた。じゃがあのキルトだけは収まる場所が見つからず、市の博物館で預かってもらうことになったんじゃよ。リデアと見に行くがいい」

　エジンバラ卿の言葉を胸に刻むカナデ。

「キルトを作り終えたエフエメラには静かにその日が近づいていたのかもしれんのう」

　エジンバラ卿はそこで長い間を置いた。

「エフエメラはよくおまえたちが遊ぶそばで庭の手入れをしていたものじゃが、あの日は指の先に野イバラの棘《とげ》を刺してしまって痺《しび》れるから処置してもらうと言ってのう、お前を連れて病院へ行ったんじゃ。じゃが誠二と駆けつけた時、エフエメラはもう動くことさえできんようになっておった。医者は身体の機能が急激に衰えていって手の施しようがないと言うんじゃ」

この時カナデにはもう麻酔がかけられていた。エフェメラはすでに医師と約束を取り付けていたのだ。間もなくエフェメラが昏睡状態に入ると眼球移植手術が始まった。

「エフェメラの意識は戻ることはなかった。じゃがカナデ、よく聞いておくれ。ママはおまえの犠牲じゃない、決して犠牲なんかじゃないぞ。その目に込められているのは愛じゃ、途轍《とてつ》もない母の愛じゃ。それはおまえさんの誇りなんじゃよ」

Eスクエア

さすがに疲れていた。汰央は充電の切れた携帯電話のように眠って起きた。

あてがわれた寝室を出るとそこは薔薇色《オールドローズ》のカーペットを敷き詰めたプレイルームで、その奥には昨日みんなでお茶を飲んだＴＥＡ・ＲＯＯＭの白いドアがあるはずだった。だが汰央がドアを開けた途端、

「あっ！」

目の前に黒い岩壁に囲まれた洞窟があった。驚く汰央。慌てて振り向くと背後にも洞窟

が続いている。光あふれるTEA・ROOMのはずが、なぜか暗い洞窟の中にいる！

何が起きたんだ。

まとわりつくような闇の中で、困惑しながら考える汰央。まるで地底にいるようだ。

湿った空気に混じる怪しげな気配。そして思い出した、いつか見たあの場面、得体の知れない暗黒のうごめきが映し出したあの部屋を。

もしかするとこれは。

心の声に答えるように闇の中に悪夢にうなされる青年が浮かび上がった。

やっぱりそうか。

カーテンの向こうの薄暗い空、ハンガーに掛かった制服と一枚の写真。

同じだ。あの時と同じようにうなされている。

「やめて……、痛い、助けて！」

苦しそうに顔を歪《ゆが》める青年。

「いやだ、お父さんやめて！」

両手を握りしめ、なすすべもなく見つめる汰央。声は届かず、青年が覚醒するのを待つしかないとわかっていた。一体、夢にうなされているこの見知らぬ青年は汰央に何を伝えているのか、あるいは何かの前兆なのか。今はまだ知る由もない汰央は身じろぎもせず、ただ呆然と闇の中に立ち尽くしていた。

§

小さな窓から射し込んでくる光。

夢か……

あてがわれた寝室で目を覚ました汰央。

いや、夢じゃない。

部屋を出た汰央は再びＴＥＡ・ＲＯＯＭと書かれたドアの前に立っていた。

さっき、このドアの向こうは洞窟だった。

臆せず前に進む気質が汰央には備わっていた。深呼吸を一つしてドアを開けると光あふれるＴＥＡ・ＲＯＯＭにリデアがいた。テーブルからクローチェの甘い香りがしてくる。

「おはよう汰央」

洞窟は消えていた。ほっとしてもう一度深く息をつく汰央。

「汰央、どうかしたの？」

「あ、いや、おはようリデア。みんなは？」

「エジンバラ卿と森へ行っているわ」

「森へ？　そうか寝過ごしちゃったな」

「もうすぐ帰ってくるわ、研究室で待ちましょう」

白く輝く木のそばで朝の光が立ち込める森を眺めていると、ガラス窓の向こうを白い蝶が飛んでいく。

狢たちが戻ってきたのはそれから間もなくのことだった。エジンバラ卿は白衣でも作業着でもなくシルクハットに燕尾服、昨日とまったく変わらない出で立ちで汰央の前に現れた。

「お手伝いできなくて申し訳ありません」

「なあに大した作業ではない、それに今朝はみんなの協力でいつもより早く終わった」

「狢ったらね、モンシロチョウを見つける名人なのよ」

エジンバラ卿と汰央の顔を交互に見ながら喋る亜美。肩を震わせ泣いていた昨日とは打って変わって元気になった亜美を見て安心する汰央。狢は亜美に褒められて照れまくり、太いシッポをぶんぶんと回した。

狢は単に野生に還っただけだな。

「も、も、もも」

「シッポもげるよ」

カナデが抑揚のない声で言う。

「あとね汰央、あの時の綺麗な蝶もいたよ」

「ゼフィルスだね、じゃあ酸素も集められたんだ」

「そう、なんでわかるの汰央？」

「リデアに聞いたんだ」

リデアは表情を変えず、まつ毛を伏せて一度、蝶のようにまばたきしただけだった。

「どうじゃな、疲れは取れたかな？」

「ええ、もうすっかり」

「若さとは素晴らしいものじゃのう」

エジンバラ卿はうなずきながらそう言うと、手に持っていた二本の棒を大きな作業台《ワークテーブル》の上にのせた。

「さてと、早速始めるとするかの」

「それはなんですか？」

運動会のバトンのように見えるその二本の棒はそれぞれ緑と赤で、よく見るとイニシャルのようなアルファベットが書いてある。緑の棒にはＦＯ、赤い棒にはＬＭ。

「これは結晶体バインダーといっての、集めた分子を中で結束させる装置じゃよ」

「結晶体バインダー?」

「緑色の方が森の酸素、赤い方が愛の分子じゃ」

「そうか、FOはフォレスト・オキシゲン、LMはラブ・モレキュールの頭文字ですね」

「その通りじゃ汰央。君は考えていた以上に優秀じゃな、ここで手伝わんかね?」

引きまくる汰央。

「はは、ジョークじゃよジョーク」

エジンバラ卿は笑ってみせたが相当本気っぽかった。

「愛の分子が結晶するとストロングラブになるんですって」

亜美が得意そうに言う。

「ではと、まずは君たちにプリンスノー生産システムの説明をするとしよう」

「昨日リデアから聞いたのですが、昇華を用いた仕組みだとか?」

「いかにも、その昇華じゃよ汰央、そこまでわかっとるなら話は早いのう」

朝の光は鬱蒼とした森をはぐくむ木々の枝に行き渡り、ガラス窓のこちら側では白く光る木が細密な枝を広げている。エジンバラ卿とリデア、そして五人の仲間たちがワークテーブルを囲んでいた。

「汰央が言った通り緑の方には森の酸素ＦＯが、赤い方には愛の分子ＰＬＭが入っておる。このＰＬＭじゃがな、イレブンナインクラスの高純度のものが必要じゃ」

言いながらエジンバラ卿がウインクすると、ぎこちなく笑いながら亜美が汰央にささやいた。

「ねぇねぇ汰央、ストロングラブってＭｒ．荻のポケットに」

「ああそうだ、あの刺繍だ」

汰央の疑問は尽きない。

「ＰＬＭのＰって何？」

「ピュアのＰ」

リデアが答える。

「純粋という意味です」

「純粋か」

「なに難しいことはない、このＦＯとＰＬＭを化合してサブリメーションするんじゃ」

「サブリメーション？」

ポカンとする辂。

「ちと難しかったかの？　つまりは昇華じゃ。なに昇華がわからない？」

大袈裟に焦ってみせるエジンバラ卿だが心の底では確信していた、子どもたちには仕組みを理解するだけの能力《キャパシティ》があるという確信だ。真新しく肌理《きめ》細かい脳の襞に膨大な知識を取り込んでいく瑞々《みずみず》しい側頭葉、子どもたちは小さな頭蓋骨の中に無限の可能性を秘めている。

「一つ例をあげてみるとしよう」

小さい目でウインクすると植物学者エジンバラ卿の講義《レクチャー》が始まった。

「固体から気体への昇華といえば最も代表的なものにドライアイスがある。よくケーキやアイスクリームに付いてくるやつじゃ。大きな氷の塊が白い煙と共に小さくなっていくのを見たことがあるかな？　融《と》けて液体にならず、直截《ちょくせつ》気化されていく様子は実に興味深い。子どもの頃これが面白くてしかたがなかったもんじゃ」

クスッと笑ったのは亜美だ。

「ウォッホン、ではその逆はどうじゃろう、今度は気体から固体への昇華じゃ。数少ない例じゃが君たちは樹氷というものを知っておるかな？　極寒《ごっかん》の雪国で稀にこういう現象が起こる。鼻毛も凍るような寒い日、晴れた空の下、満身《まんしん》の葉を振り落とした樹々の裸の骨格に大気中の水分が張り付いて樹氷はできる。そこいら中の樹がダイヤモンドでも吹き付けたかのように燦然《さんぜん》と光り出し、それはそれは美しいながめになる」

「じゃあここにあるのも樹氷なの？」

カナデが言うと、みんなが白く光る木に目をやった。

「原理はほぼ同じじゃが張り付いているのは氷じゃない、プリンスノーじゃ。つまり樹氷を作り出す昇華作用の過程《プロセス》に着目したんじゃ。殆《ほとん》どの化合物と元素は、標準圧では固体、液体、気体の三態間《さんたいかん》を相転移《そうてんい》する性質を持っておる。しかし温度と圧力の交点が三重点より下にきた場合にだけ気体と固体間を直截《ちょくせつ》に相転移する昇華という現象が起こるのじゃ。つまり分子を気体からダイレクトに固体の結晶構造へと変換させることを可能にしたのがあの木なんじゃよ」

「スゴ過ぎ」

「って狢、今の話わかったの？」

老婆心《ろうばしん》から汰央が聞く。

「ん、わかった」

話には続きがあった。エジンバラ卿が先程の二本の結晶体バインダーを短い三本の突起がついた奇妙な形をした機械の二つの突起部分にそれぞれ差し込むと、ヒュウーンという音がして中で何かが動き出した。

「なんだか心臓みたい」

訝《いぶか》しむ亜美。

「これは結晶体分散機じゃ。ＦＯというホスト分子とＰＬＭというゲスト分子が分散媒中《ぶんさんばいちゅう》に同じ割合で混ざっていくための混合比例弁《こんごうひれいべん》が中で動いておる。見ていてごらん、すぐに拡散が始まる」

やがてヒュウーンヒュウーンという音と共に残り一箇所の突起からうっすらとした霧のようなものが噴き出し始めた。霧は噴出口から出ると忽《たちま》ち薄れて見えなくなる。

「空気中に拡散された分子は消えてしまったわけではない、凝結せずに気体のまま木の周りを浮遊し特殊な磁気によって徐々に付着し結晶するんじゃ。およそ二十四時間後、生成された無定形固体状のプリンスノーは樹皮となって木の表面をおおい、樹氷のように白く輝き出す」

そこまで聞くとみんなの口から自然にため息が漏れた。話はまだ終わらなかった。

「磁力を弱めると結晶化したものが剥がれ落ちる仕組みになっておる。それを拾い集めて今度は微粒化《びりゅうか》するんじゃ」

エジンバラ卿はそばにあったシャーレを引き寄せ、剥がれ落ちた樹皮状の結晶をひとつまみ取り出すと、結晶体分散機の隣にある胃袋のような形をした機械の中に入れた。すると今度はサラサラサラサラサラという音がしてきた。

「これは流動層転動造粒装置《りゅうどうそうてんどうぞうりゅうそうち》じゃ。このセラミックポットの中で混練攪拌《こんれんかくはん》しながら結晶体を微粒化しておる」

ここまで専門的になると流石の汰央も理解にかなりの困難を極める。

「ふうーん」

「って貉」

再び汰央の老婆心。

「ん？」

「今の話だけどさ」

「あ、全部わかった」

エジンバラ卿がかたわらに置かれた乳幼児の粉ミルク缶を大きくしたような筒型容器《つつがたようき》を開けると、そこには淡い光を放つ物質がびっしりと蓄えられていた。

「わあ」

歓声を上げる亜美。

「きれい、これがプリンスノーなの？」

「なんかタピオカみたい」

「ほんとだ」

「でもこうして見ると不思議だな」

「何が不思議なの狢？」

「だってさ亜美、こんなに光っているのに至近距離で見てもまぶしくないっていうか」

「確かに不思議だ、どこまでも均一《きんいつ》に広がっていく不思議な光だ」

汰央が同意すると一貫してオーバーアクション気味のエジンバラ卿が、

「よく気がついたのう狢、まったく大したものじゃ、君は科学者の卵かもしれんぞ！」

狢のシッポが二倍にふくらんだことに気づいてリデアがギョッとしていると、エジンバラ卿が真面目な顔で話し出した。

「生物は自然免疫力というシステムを体内に持っており、細菌が侵入してくると免疫細胞からサイトカインという蛋白質が生成される。これによって身体に入ってきた細菌を自分の力で排除することができるんじゃが、今見たＦＯとＰＬＭが結合してプリンスノーになる過程でも実は体内と同じようにサイトカインという物質が生成されておる。このサイトカインこそが邪悪を打ち消すために不可欠な物質であり、均一な光、すなわち自然光を発している仕掛《メカニズム》けなんじゃよ」

「サイトカイン」

「体内と同じメカニズムか」

「スゲ～、カッコイイ」

真剣に話を聞く子どもたちの目は夜空の星のように煌《きらめ》いていた。

§

ＴＥＡ・ＲＯＯＭではリデアが淹《い》れたクローチエティーの良い香りがしていた。

「まずは腹拵《はらごしら》えじゃ」

テーブルの上には何やら平べったい饅頭《まんじゅう》のようなものが積んである。

「用意が整いました、みなさんお座りください」

円盤のようなその饅頭は手のひらに収まるくらいの大きさで、茶色く焼けた表面がツヤツヤと光っている。

「さあどうぞお召し上がりください」

「遠慮はいらん、どんどん食べなさい」

エジンバラ卿は饅頭の山から一つ手に取ると、自らパクッとかぶりついてみせた。

「甘いものは好きかね？」

「はい、好きです」

「そうかそれはよかった。これはそんじょそこいらの饅頭ではないぞ」

エジンバラ卿は一つ平らげるとすぐに二つ目に手を伸ばして言った。

「これは『月寒あんぱん』と言っての、『ほんま』という菓子メーカーがこだわりを持って作り続けておる長い歴史のある饅頭じゃ、栄養豊富で疲れた脳の活性化にはもってこいなんじゃ」

キョトンとしてしまったみんなを見てリデアが言う。

「いつもこの調子なのです」

「わっはっはっは」

しかし半信半疑で口にした饅頭はびっくりするほど美味だった。小麦でできた薄皮に歯を当てると精一に焦がした蜂蜜の香りが広がり漉《こ》し餡がとろけ出す。ほどよい甘さは味蕾《みらい》をとりこにし、翻弄された舌根《ぜっこん》が上顎《うわあご》にくっ付いて不用意に嚥下《えんげ》の音を立てた。積み上げられた饅頭の山はみるみるうちに小さくなっていった。

§

エジンバラ卿とリデア、そして汰央たち五人は再びEスクエアの入り口《エントランス》に立っていた。

「みんなよくお聞き、この階段を上るコツを教えよう」

コツってまさかこれ上るの？

狢の背中の毛が逆立った。天井と三方を囲む巨大な石壁、その壁の正面に大きく「くの字」を描いて彫り出された長い階段。それはレリーフのように壁を這い天井まで伸びている。階段の幅は人ひとりがやっと通れる程度で手すりも柵もない。

「よいかな、このソレミヨ階段はとても繊細で傷つきやすい上に大層敏感での、足を乗せている者の気持ちが手に取るように伝わってしまう」

「それみよ階段……」

「カタカナでソレミヨじゃよ亜美」

「ソレミヨ階段」

「うむ。そこでじゃ、なに簡単なことじゃよ、決して落ちると思わないことじゃ。落ちると思ったらそれが本当になってしまう、じゃから落ちないと思い込むんじゃ。自信を持って進めばそれは確信に変わる、階段は君たちの身の安全を百パーセント保障してくれるじゃろう」

肩から斜めに胴乱《どうらん》を掛けたエジンバラ卿は、言い終わると小さな目でウインクした。

「わかったかね？　自信と確信じゃよ」

思い込みの強さならみんななかなかのものだった。

「では出発しよう、わしのあとに続くんじゃ」

黙々として上り続ける五人とリデア。勇敢に足を運ぶ子どもたちはソレミヨ階段にしっかりと受け入れられて、早くも中間地点の黄色いドアの前に差しかかった。取っ手に太い鎖が巻かれている。鎖には頑丈そうな南京錠が掛けられていた。

「よしその調子じゃ、ここから向きを変えて上まで行こう、もう一息じゃ」

自信、確信、前向きな気持ちは心を強くし、何かを成し遂げようとすればそれは成功への鍵になるのだということをソレミヨ階段は子どもたちに教えているのかもしれない。少し息を切らしながらエジンバラ卿は旅行会社のツアーコンダクターのように片手を上げて言った。

「さあ赤いドアの前まで来た、今からドアを開けるからリデアのあとについて順番に中へ入るんじゃ」

「ふぅ〜、一体何段あったんだろう」

亜美のつぶやきに即座に答える珞。

「三百六十五段」

「数えてたの？」

リデアが中に入るとカナデ、亜美、狢、汰央、ラッキーの順に続いた。ドアをくぐった五人は壁に突き出したバルコニーのような所に立っていた、そして声が出ないほど驚いた。それはまるで巨大なダムの堤防の上にいるような光景だった。但《ただ》し溜まっていたのは水じゃない、灰だ。暗緑色《あんりょくしょく》の灰が見渡す限り果てしなく続いていた。

「……」

言葉を失う汰央。その横で狢が言った。

「なんだこれ」

呻くように汰央が言う。

「これが邪悪の灰か」

「人間の心がこんなものを作り出したのか」

凍てついた狢の叫びをエジンバラ卿は重く受け止めた。灰はバルコニーのすぐ下まで堆《たい》積《せき》していた。見えるのは暗緑色の灰のみ。理性と知性をあわせ持つ人間、その人間の心が作り出した邪悪の灰が今や猖獗《しょうけつ》を極め、あふれんばかりに氾濫している。足元に繰り広げられている悪夢のような光景を五人は言葉もなく見つめていた。

「このバルコニーが気化ラインじゃ」

「気化ライン?」

第五章　浄化への一閃

「そうじゃ汰央、ここを超えると灰の気化が始まるのじゃ」

「ってもうスレスレじゃない？」

狢がバルコニーから身を乗り出して言った。

「いかにも、すでに一刻の猶予もない。灰は飽和寸前じゃ」

そう言うとエジンバラ卿は提《さ》げていた胴乱の蓋を開け、絹の布で丁寧に包んだ月の涙を用心深く取り出した。月の涙はその事もなげな塊の中に人類の危機を救うほどの強大な力を宿し、薄暗いバルコニーで聖母のような柔和な光を放っている。その月の涙を汰央に手渡しながらエジンバラ卿は言った。

「耳を澄ませてごらん、何か聞こえてはこんかね？」

……シンとしていた。

「もうそろそろアレが降ってくるはずなんじゃが」

「何が降ってくるの？」

その時亜美はふと声がしたと思った。彼女の表情が言葉以上にみんなの注意を引く。それは懐かしい雪花菜《きらず》ばあやの声だった。

――……の子たちゃあきっとやり遂げてくれるよ……――

ズズズズズ……

「これ、雪花菜ばあやの声だ！」

ズズ……ズズズ……

「ずらしている！　ユッカの鉢を」

――彼らならきっとやるさ――

「あ、Mr．荻の声も！　やっぱりつながってるんだ！」

「お～い、ここだよ～」

「こちらの声は聞こえんのじゃよ狢」

「そうなの?」

「一方通行なんでな」

「でも、すごいよ」

「うん、すごい！」

みんなが興奮するのを見たエジンバラ卿は更に興奮して言った。

「ワクワクするのう！　さあ汰央、君からじゃ、月の涙を力いっぱい遠くへ放るんじゃ」

「はい」

汰央はバルコニーの後ろの方まで下がると大きくテイクバックした。勢いよく指を離れた月の涙はみんなが見守る中、放物線を描いて遥か遠くまで飛び、堆積する灰の上に落ちて一筋の煙を立てた。その途端、白い光が波紋のように広がってわずか数秒で灰の表面をおおい尽くした。

「あ、灰が減った……」

足元まであった灰の嵩《かさ》が急に下がったのを見て驚く狢。

「見よ、これが月の涙の威力じゃ」

頬を赤らめて灰の海原を指差すエジンバラ卿の歓喜はシルクハットのブリムと燕尾服のテールのスリット、ふさふさとした口ひげと顎ひげにまで伝わって全身を震わせていた。

カナデと狢が投げた月の涙も同じように落下地点を中心に光の輪が広がり、灰の嵩はみるみる下がっていった。

「どうじゃ、最初の半分になったのう！」

灰は栓を抜いたプールの水位のように減少し、ソレミヨ階段の途中にあった黄色いドアの辺りまで減った。月の涙はあと二つ、しかし亜美とラッキーの分で全部が消えるとは思えなかった。でも今はとにかく精一杯の願いを込めて月の涙を邪悪の灰に投じるしかない。

亜美は月の涙をしっかり握ると肘《ひじ》を張りカラダをそらして反動をつけ、ありったけの力を込めて投げた。……はずが、

「あれ？　どこ？」

月の涙が急に視界から消えて慌てる亜美。

「慌てることはない、このすぐ下に落ちたんじゃよ」

「えっ！　ごめん、どこどこ？」

「なに心配には及ばん」

エジンバラ卿が説明するまでもなく、光はバルコニーの下から地平線に向かって一気に広がった。

「どこに投げても同じじゃん」

「まあ効果は同じじゃがの。気合いの入った一投でなくてはならんのだ狢」

「そうか、ラッキー、気合いだ」

「君で最後じゃなラッキー」

「はい」

「では頼んだぞ」

月の涙を左手に持ってラッキーが構える。

「そうか君はサウスポーか」

「なんの話？」

狢が怪訝《けげん》そうに言う。

「わからない、でもラッキーがつっかえないで喋ってる」

「お、そういえばそうだねカナデ」

それは今まで見たことのないような美しいスローイングだった。ラッキーの投げた月の涙は誰よりも高く遠く飛んで彼方の灰の上に落ち、真上に高々と煙を上げた。

「素晴らしい上腕二頭筋だわ」

「変わった褒《ほ》め方だね、リデア」

ぎこちない顔で汰央がつぶやく。

「確かに見事なオーバーハンドスローじゃった」

「ありがとうございます」

「ラッキー、普通に話せてる！」

狢が耳をピンと立てて驚いた。気化ラインギリギリまであった邪悪の灰を遥か下に見て、感慨無量でエジンバラ卿が言った。

「ありがとう、ありがとう、ありがとう」

最後にエジンバラ卿は、足元に置いてあったミルク缶のような容器の中に入っていたプリンスノーを灰に向かって勢いよく撒《ま》いた。散布されたプリンスノーは無数の蛍のようにあちこちで光って邪悪の灰の消滅に加担する。だがそれでも完全なる消滅には至らなかった。みんなは落胆を隠せない。するとエジンバラ卿が遥か遠くを指差した。

「なにガッカリすることはない、あれをごらん」

うっすらと積もった邪悪の灰の彼方には鬱蒼とした森が出現していた。

「森だ！」

汰央が叫ぶ。

「灰の向こうは森だったのか」

「そうじゃ、そしてあの森の向こうではカプリスたちが君たちの帰りを待っている」

「森の向こうにカプリスが……」

「あの森を抜けていくんじゃよ、今度は六人での」

「六人？」

エジンバラ卿はリデアに向き直ると静かな口調で言った。

「リデア、今まで本当によくやってくれた」

「えっ？」

「みんなと一緒に行きなさいリデア」

「ここにいてはいけないの？」

「さよう、決まりでの。期間限定じゃった」

「じゃあもう会えないの？」

二人の会話に聞き入るカナデ。

「まさかのまーさーか」

と言ったのはエジンバラ卿だ。

こういうところはおじいちゃまだった時と全然変わっていない。

上目《うわめ》づかいにエジンバラ卿を見るカナデ、にっこりするエジンバラ卿。

「来たい時はいつでもおいで、みんなもじゃ。おいしいお菓子とお茶もある。いつどんな時でもここで君たちを待っておるよ」

それを聞くとリデアもカナデも少しだけほっとして表情を緩《ゆる》めた。

「じゃがここは決して君たちの留《とど》まる場所ではないのじゃ、それを忘れちゃいかん。君たちはまだまだ現実の世界で生きなければならんのじゃからの」

「現実の世界で？」

「そうじゃよ狢、つらく苦しいことがたくさんあるじゃろう。いやむしろ楽しいことよりつらいことの方が多いかもしれん、そういう時こそここへ来るといい」

「ここは現実の世界なの？　それとも夢なの？」

「夢じゃと？」

エジンバラ卿は亜美の問い掛けに脅かされたフクロウみたいに驚くと、小首を傾《かし》げて少し考えていたが、急に何かを思いついたように眉毛を上げて言った。

「そうじゃのう、現実の裏舞台《リヴァースステージ》とでも言っておこうかの」

「現実の裏舞台《リヴァースステージ》？」

みんなが声をそろえて言った。

「そうじゃ、現実の裏舞台《リヴァースステージ》じゃ」

エジンバラ卿は我ながら良い喩えだと思ったようで満足げにひげをなでながら何度もうなずいた。

「君たちはこれから現実の表舞台《アウトサイドステージ》に戻るじゃろう。じゃが来たくなったらいつでも来るといい、その気になればすぐに来られる。なにせもうルートがわかっとるんじゃからの」

エジンバラ卿はここぞという時にするいつものウインクを忘れなかった。

「よいかね、カトマンザは決して夢なんかじゃない、押しも押されもせぬ現実じゃよ」

カトマンザ

六人はEスクエアを後にし、カトマンザへと向かっていた。案内役はルリコンゴウインコのレミだ。

「ねえラッキー、一つ聞いてもいい？」

風のない満月の谷を月が照らしている。亜美の運動靴がかろうじて空色とわかるくらいの明るさだ。

「いいけど。僕だって不思議なんだ、なんでフツーに喋れるのか」

「……だよね」

亜美が言うと、狢もうなずきながら言った。

「ラッキーがフツーに話してるのってなんかヘン」

「やっぱりあの薬のせいかも」

「リデア、あの薬って何？」

「エジンバラ卿に頼まれた薬よ。ラッキーに渡すように言われたの。寝る前に必ず一錠飲むよう伝えなさいって」

カナデがニヤリとしたのを狢は見逃さなかった。

「なんなのさカナデ」

「何が？」

「ラッキーの薬さ、何か知っているんでしょ？」

「それ多分プラセボよ」

「プラセボ？　プラセボって何？」

「吃音《きつおん》の特効薬よ」

頭上でレミの羽ばたく音がした。Ｅスクエアからカトマンザまでの長い距離をみんなを誘導しながら飛んでいくレミ。寂嘆の山に差し掛かった時、山頂でトトとトゥエリスが手を振っているのが見えた。そこでリデアを含めた汰央たち六人は信じられない光景を目にした。月明かりに黒く輝く寂嘆の山にくっきりと白い文字が浮かび上がっていた。

――ＳＥＥ　ＹＯＵ　ＡＧＡＩＮ――

「もしかしてあれ、全部月の涙じゃない？」

狢が言うと、汰央が両手で頭を抱えた。

「絶対そうだよ」

「ってことはあんなにたくさんあったってこと？」

亜美が口をとがらせた。

「やられた～」

狢がポトスのような耳を伏せた。

「でも一人一粒だからもう誰にも権利はないでしょ？　あっ」

カナデが言うと、

「おっと」

狢も気がついてリデアを見た。みんなの視線がリデアに集まる。

「そうかリデア、君の分がまだ残っている！」

汰央が興奮気味に言った。

「何かと交換するんだったわね」

「宝石よ」

即座に答えるカナデ。

「今度来る時忘れずに持ってくるわ」

ホーセキを？

一行はほどなく結界をくぐり抜け、深いカトマンザの森の中で再びエスタブロの鹿ジルと遭遇した。ピンととがった耳、漆黒の大きな目と角、そして尾から臀部《でんぶ》にかけては雪のように白い。美しいジルは汰央たちを待っていたのか木立の陰からじっとこちらを見ている。気がつくと森は朝を迎えていた。

小鳥たちの囀《さえず》りが歩き続ける汰央たちに安らぎの脳波を送ってくる。カトマンザの森に訪れる束の間の朝。光を受け止めようとしてアーチ型に枝を張るカシやナラ。しかし枝はすべての光を遮《さえぎ》ることなく巧妙に網目を作り、モザイク状に広がって地面の羊歯《しだ》や苔にも光を届ける。と、不意に狢の目が輝いた。

「ゼフィルスだ」

「ＰＬＭも」

「汰央、モンシロチョウを分子みたいに言うのやめて」

亜美にたしなめられて頭をかく汰央。

「でも蝶がいるってことは、この辺には濃度の高い酸素と愛の分子があるってことだね」

「そうだね」

「カトマンザはもう近いわ」

「どうしてわかるのカナデ？」

「レミがいないもの」

「ホントだ」

懐かしいカトマンザの緑のカンファタブリィがまぶたに浮かんだ。

「あ、またゼフィルス」

狢が言うと突然、先頭を行く汰央の足が止まった。

「どうした汰央？」

「彼だ……」

「彼？　うわっ」

「これは……」

それはゼフィルスの大群だった。その中に時折純白の蝶も交じっている。蝶の群れの真ん中にはエスタブロが立っており、彼がもうお行きというように天を仰ぐと蝶たちが一斉に飛び立った。

澄んだ泉のような青い瞳、透き通る白い肌と金色に透ける髪。エスタブロは初めて会った時のように唐突に笛を吹き始めた。不思議な音色のする笛を。

彼が喜んでいるのが汰央にはわかった。邪悪の灰が大方消えたことで森には生気が戻り、新鮮な空気が満ちていることを彼は蝶を集めて汰央たちに伝えているのだ。エスタブロは汰央の方まで歩いてくると顔の前で何かを集めるようにして両手を合わせた。その手をゆっくり開きながら汰央の方へ差し出す。手の中には透き通る小さな塊があった、中心が淡く赤みを帯びている。汰央が受け取るとエスタブロは言った。

「愛の結晶」

「しゃべった！」

驚き過ぎの狢をにらみながら汰央がエスタブロに聞く。

「もしかしてこれがストロングラブ？」

エスタブロは目を細めてにっこりとうなずいた。比重がほぼ空気と同等のストロングラブは重さを感じさせることなく汰央の手のひらの上にじっと留《とど》まっている。

「ストロングラブって軽いんだね」

汰央が驚くとリデアが言った。

「愛は重いとつらいこともあるわ、そこにあって相手にわからないのが本物の愛かもしれない」

「それこそ理想の愛だね、でも空気みたいにそこにあったらきっと気がつかないだろうな」

ラッキーが言うと亜美が少し頬を赤らめて、

「気づかせない愛なんてカッコイイ」

「最強の愛だね」

やんわりと結びつけるラッキー。

「なるほどね、そういうことか」

「え、どういうこと汰央？」

「理系の狢にはわかんないかもね」

軽くあしらわれていじける狢。エスタブロはみんなに一つずつストロンググラブを渡し終えるとジルをともなって森の奥へと消えていった。

§

カトマンザと森の間に境界線《ボーダーライン》はない。枝を広げた大アカギの前を過ぎるとカトマンザへとつながる道が見える。やがて前方にはスージーの青い闇と、その向こうには緑のカンファタブリィの広間を照らす青白い光も見えてくる。五人の旅は数日前にここから始まった。旅立ってから何日も経っていないのに随分長い旅をしてきたように感じた。再び彼らは懐かしいカトマンザに戻ってきた。大きな目をいっぱいに開いてスージーがこちらを見た。その瞬きはいつもより少しだけ速く、そして力強かった。

ヴァッサーーン！

「ただいまスージー」

前髪をかき下ろしながら汰央が言う。

「スージー元気になったのね！」

感極まってまぶたに抱きつく亜美をスージーはくすぐったそうに受け止めた。海底のような闇の中から聞こえてくる声、見上げると向かい合わせに立つノッポの二人。

「ただいまポール、ポーラ、元気だった？」

スラスラ喋れるようになったラッキーが言うと、

「娃《あ》？　娃娃娃娃《ああああ》？」

驚いたようなポールとポーラの反応、でもその声には喜びも混じっていた。

さまざまな想いを享受《きょうじゅ》して満ちる濃密な闇、その闇を青白く照らすのは「ため息のバラ」をのせた直径六メートルの円盤型蛍光灯、その下には夢心地なあの緑のカンファタブリィが緩やかなカーブを描きながら、以前と変わらぬ姿で彼らの帰りを待っていた。狢が嬉しそうにプシプシプシと駆け寄って座り心地を確かめる。

「ううん、やっぱサイコー！　ただいま、緑のカンファタブリィ」

喜びの余り半眼になって身もだえしながら狢が言った時だった。

「おかえりなさい」

懐かしい声がした。

「ナンシーだ！」

狢が飛び起きて言うと全員が駆け寄った。

「みんなよく頑張ったわね！　偉いわ！」

胸がいっぱいになって泣き出す亜美。

「ナンシー！」

「泣き虫の亜美に会いたかったわ」

ナンシーの後ろにベイビードールを抱いたベイビーフィールがいるのを見たカナデは、ベイビーフィールをベイビードールごとギューッと抱きしめて耳元で何かささやいた。

「あなたにいい薬があるわ」

キョトンとしながらも嬉しそうにカナデに抱かれているベイビーフィール。ナンシーの目の色がフォレストグリーンに戻っている。その目が真っすぐリデアを見る。

「あなたがリデアね」

「はじめまして、ナンシー」

「ようこそカトマンザへ」

「お会いするのを楽しみにしていました」

「私もよりデア、エジンバラ卿のお手伝いをありがとう」

安堵したようにうなずくリデア。冷静なリデアの頬が少し紅潮している。

みんなの言っていたカトマンザにやっと来られた。

ナンシーがその様子を見てリデアに言う。

「疲れていなければカナデと広間を見て回るといいわ」

ナンシーの提案に目くばせでこたえるカナデ。

「狢も来る？」

「モチロン」

§

「あれは何？　壁に生えているあの……」

リデアの目が釘付けになっている。

「あれはレグナ、カトマンザのセンサーライトよ」

「誰かがこっちへ近づいてくるのを感知すると光るんだ」

「光るの？　あの猫の耳みたいなのが？」

声を拾うように耳を傾けるレグナ。

「レグナに紹介するね、私のお姉ちゃんのリデアだよ」

「よろしく」

「Eスクエアから来たのよ」

カナデがそう言うとレグナの耳がピクンと動いた。

「レグナは糸口光《クルー・ライト》の役目もしているの」

「クルー・ライト？」

「そう、レグナの光がなかったら、きっとカトマンザを見つけられない」

「僕が来た時も盛大に光ってた。それとね、その下に分厚いドアがあったんだ、消えちゃったけど」

「消えた？」

「誰かが来る時にだけ出現するドアなんだ」

「わかった、入り口だけど出口じゃないのね」

「そう！　さすがはリデア、わかってるねぇ」

§

「ねえ、リデアはどうやってＥスクエアに来たの？」

「エジンバラ卿に呼ばれて」

「エジンバラ卿って二人のおじいちゃんでしょ？」

「そう、最初は驚いたわ、夢かとも思った、だっておじいちゃまは去年亡くなったから」

「じゃ幽霊ってこと？」

「そうかもしれない、でもここではおじいちゃまではなくエジンバラ卿なんだと言っていたわ、そして大事な仕事を手伝ってほしいって」

「もし幽霊だったら怖くない？」

猗がおそるおそる聞く。

「怖くはなかったわ、それよりまたおじいちゃまに会えて嬉しかった」

「そっちね」

「私も幽霊でも大丈夫、おじいちゃま大好きだから」

そういえばカナデ、嬉しそうだったもんな。

「で、おじいちゃまだけどエジンバラ卿って呼ぶわね。エジンバラ卿はＥスクエアのことや邪悪の灰のこと、毎日プリンスノーを作り続けなければならないことを全部私に教えてくれたの。それでトリッパーたちが月の涙を持ってやってくるのを待っているけれど、邪悪の灰が急激に増えて仕事が立て込んできたから私を呼んだと言っていたわ」

「なぜリデアだけなの？　なぜ私は呼ばれなかったの？」

「カナデは呼ばなくても自分から来るだろうって」

「どういうこと？」

「カナデの心がカトマンザを探しているからだって、ただ見つけられるかどうかはわからない、でも来ると信じて待とうって」

§

リデアはカナデと狢の案内で、テーブルに形を変えるヨーラや円盤型蛍光灯、その上に犇くため息のバラや天井から（天井のどこかから）ぶら下がるラッキーのハンモック、カナデがブードゥーに使うキャンドル台、ＥスクエアのＴＥＡ・ＲＯＯＭを思わせる何もかも白いキッチンなどを見ながら広間を一周した。

三人が戻るとみんなが待っていた。そして緑のカンファタブリィを囲んでみんなの心が一つになった。あの声を聞きたい、闇の奥から聞こえてくる低い声を。全員が同じ気持ちだった。

闇はいつもと変わらずそこにあった。

「やあみんな、おかえり！」

「カプリス！」

誰かの声をこんなにも懐かしく聞いたことはなかった。亜美はカプリスが同憂の士だと言ったエジンバラ卿の言葉を思い出していた。

「みんな本当にご苦労だったね」

それぞれの想いがカプリスの闇に溶けていく。

「ただいま」

そう言ったのはラッキーだ。

「おどろいたなラッキー、素晴らしく滑《なめ》らかじゃないか。君の見事なスローイングには感動したよ」

「見ていてくれたんですね」

「もちろんだとも！　あの実に危なっかしいソレミヨ階段を上って邪悪の灰を消し去った

時の気持ちは言葉にならないな」

「気化ラインぎりぎりでした」

「でも完全消滅には至らなかった」

くやしそうに言ってラッキーと狢が顔を見合わせた。

「大事なことは邪悪の灰を作り出さないようにすることだ」

「そんなことできるの？」

「できるともカナデ、階段を上手に上った君たちならね」

「自信と確信か」

「それだよ狢」

カプリスが満足げに言った。

「君はリデアだね」

「はじめましてカプリス」

「会えて嬉しいよ」

「私も嬉しいです。ただ……」

「エジンバラ卿だね」

「はい。エジンバラ卿はこれからも一人で邪悪の灰と戦っていくのでしょうか」

「そのことなら心配いらないよリデア。エジンバラ卿の存在は、すでにそれ自体がEスクエアに莫大なエネルギーを齎《もたら》している。大切なのは希望だ、すべての人にとって言えることだがね」

少し間を置いて、カプリスが続ける。

「それにね、彼にはもう新たなパートナーがいるんだよ」

背中の毛を逆立てて狢が叫ぶ。

「新たなパートナー？」

§

おいしそうなスープの匂いがしていた。

「さあ、みんな座って」

ナンシーにうながされて緑のカンファタブリィに腰を下ろすと、いつものようにヨーラが気の利いたテーブルになる。

「リデア、温かいスープはいかがかしら？」

「ええ、いただきます」

「きっと落ち着くわ」

「なんだかこのスープとろけそう」

セロトニンを出しながら亜美がつぶやいた。

「味付けは自信たっぷり《コックショア》、ちょっと濃厚でしょ」

言いながらナンシーは、気の毒なくらい難しい顔になってスープを飲んでいる狢に気がついた。汰央も狢の様子を見て苦笑する。

わかり易いやつだな、エジンバラ卿の新しいパートナーがよほど気になっているらしい。

そのあと目線を上げてラッキーを見る汰央。

そういえばラッキーはいつもどうやってあんな高いところまで上がるんだろう、踏み台もないのに。

例によってスープを二杯もお代わりしたラッキーが満足げにハンモックに横たわっていた。

実際ラッキーときたら、ちょっとした身体の反動を利用してなんなくハンモックに上がってしまうのだ。

やっぱりすごいんだな、あのグルグル巻きの包帯の下の上腕二頭筋。

でも汰央にはラッキーの筋肉よりも気になっていることがあった。くすんだ空とボロボロだったジギーの羽、あれからラブドームはどうなったのか。

Ｍｒ．荻と雪花菜《きらず》ばあやは無事だろうか？

そしてそれら一連のことを考えていたのは汰央だけではなかった。

「ナンシー、レミは来た？」

心配そうなカナデにナンシーが微笑んで言った。

「安心して、レミは先に来てあなたたちの到着を知らせてくれたの」

「ジギーは？　ジギーも元気？」

「元気になったわよ、亜美」

「よかった！　Ｅスクエアのバルコニーでで Ｍｒ．荻と雪花菜ばあやの声が聞こえたの」

「雪花菜ばあやに会いたいな。早く明日にならないかなあ」

カナデがそう言うと、亜美が勢いよく立ち上がった。

「会いに行こう！　私行ってみる！」

「あ、亜美待って！」

キッチンに向かって走り出す亜美にナンシーの声は届かなかった。プシプシプシと足音を立てて狢が後を追う。心配そうに聞く汰央。

「上へは行けないんだね？　ナンシー」

「ええ」
　リデアが二人の走っていった暗闇を見つめていた。
　階段はなかった。キッチンから屋上へと続く階段は朝にだけ生じる光の階段。オレンジ色の光あふれる踊り場には南国の匂《アトモスフィアーオブトロピカルパラダイス》いをまとった大きな赤い鳥がいる。上がるとそこは果ての見えないカトマンザの屋上、ラブドーム。サインポールと揺れるユッカ、そしてＭｒ．荻の笑顔といい匂いのする雪花菜ばあやのエプロンがみんなを優しく迎えてくれる。

§

　蛍光灯の青白い光の下で緑のカンファタブリィにもたれているナンシーと亜美、あとは少し離れてハンモックに横たわるラッキーとエノキみたいに小さくなっているヨーラ。こんな時、どんな言葉よりラッキーの歌が役に立つ。

♪　ごきげんよう
　上手く言えない時もある
　ごきげんよう

おしおきされてる末っ子坊や

ゆらゆ～ら
ゆらゆらゆ～ら
こっちにきたら大はしゃぎ
げらげ～ら
げらげらげ～ら
こっちにきたら大はしゃぎ
大はしゃぎ　大はしゃぎ
とっとっと～
とっとっと～
とんでもないこと起りそう

「言ってなかったわね亜美、光の階段は夜になると消えてしまうの」

「どうして?」

「朝の光が階段を作り出すからよ」

「じゃあラブドームも夜になると消えちゃうの？」

「ラブドームは消えないわ。Ｍｒ．荻と雪花菜ばあやもね」

「よかった」

「屋上にお椀を伏せたようなドーム型の小さな建物があるでしょう？　二人はあの中で翌朝の準備をしているの」

「そうなんだ」

「Ｍｒ．荻も雪花菜ばあやもあなたたちが帰ってくるのをずっと楽しみに待っていたわ」

「私、雪花菜ばあやにプレゼントがあるの」

「プレゼント？」

「ほら、これ」

「わあ綺麗ね、なあにこれ？」

「エスタブロがくれたの」

「何かの結晶かしら？」

「愛の結晶なの」

「愛の結晶？　なんてロマンティックなんでしょう、ばあや喜ぶわ」

「うん」

「朝までゆっくりとおやすみなさい亜美」

「おやすみなさいナンシー」

そして亜美は最後につぶやくように言った。

「ステキな歌をありがとう、ラッキー」

§

「オハヨー、オハヨー」

語尾の上がる陽気な声がした。赤コンゴウインコのジギーがカトマンザの朝を告げる。

どこもかしこも雪のように白いキッチンの一角に、オレンジ色の靄《もや》にまぎれて明るい光の階段が現れていた。真っ先にラブドームへと走っていく亜美、そのあと狢が汰央に続いて光の階段を上り出すと足元から例の音がする、言わずと知れたあの音だ。

「ねぇ狢、その音って？」

リデアの言葉に狢はきょとんとして言った。

「え、なに？」

「ほら、そのプシプシプシってていう音」

「あ、これね」

振り返って微笑む狢。

「気にしなくていいよ、肉球クッションの音だから」

「肉球？」

「そう、天然のエアソール、スキール音ってヤツだよ」

スキール音はキュッキュって音だけど……

踊り場を取り巻く光のカーテン、その向こうには南国色の羽と長い尾。

「オハヨー、オハヨー」

赤い羽には鮮やかな青と黄が交じり、節くれのような二本の足で器用に枝につかまっている。そしてすっかり元気になったジギーの横にはレミが美しい瑠璃色の羽を休めていた。

「一緒にいたんだね」

「イッショ、イッショ」

狢を真似て応えるジギー。

「彼女ができてよかったね」

そう言ってウインクする汰央を見てエジンバラ卿を連想するリデア。

ウインクって感染《うつ》るのかしら。

階段は踊り場から角度を変えて上へと続いている、屋上に出ると明るい光が身体を包み、風もないのにユッカがさやさやと揺れていた。

「ここってもしかして床屋さん？」

サインポールを見ながらリデアが言うと、汰央がうなずいた。揺れるユッカの前の揺り椅子にナンシーがいた。

「おはようリデア」

「おはようナンシー」

そしてリデアの後ろにはいつの間にかＭｒ．荻と、その横には雪花菜ばあやが久しぶりに会った孫でも見るような面持ちで立っていた。汰央はＭｒ．荻と向き合って視線を合わせ、無言のうちに気持ちをわかり合えていた。

「ただいま、Ｍｒ．荻」

「おかえり汰央」

「ばあやも元気だった？」

「えええ、お陰さまでこの通り、とにかく無事でよかった」

「ばあやが祈っていてくれたお陰で僕たち頑張れたんだよ」

「よかったよかった、亜美ちゃんから綺麗な石をもらったのよ」

雪花菜ばあやがエプロンのポケットからそっと取り出したのは、

「ストロングラブですね」

ばあやの手の中で仄《ほの》かに光っている愛の結晶《ストロングラブ》をＭｒ．荻がしげしげとのぞき込む。汰央はＭｒ．荻の顔を見ているうちになぜだか胸がいっぱいになって、必要以上に顔を歪《ゆが》めてニッと笑った。

「挨拶がまだだったね。ようこそリデア、会うのを楽しみにしていたよ」

「お久しぶりですＭｒ．荻」

「カナデのお姉さんなんだってねぇ、なんてまあ綺麗なお嬢さんだこと」

思い入れたっぷりに雪花菜ばあやを見るリデア。

「雪花菜ばあやさん、やっと会えました」

「さんはいいわよ、雪花菜ばあやって呼んでちょうだい」

「はい」

「そうそう、灰の始末はさぞ大変だったでしょう。さあさこっちへいらっしゃい、髪を整えましょう」

「行っておいで、亜美とカナデもいるよ」

汰央に言われて嬉しそうに歩き出すリデア、彼女はＭｒ．荻の上着の胸にある「Ｓｔｒ

ｏｎｇ　Ｌｏｖｅ」の青い刺繍と同じものが雪花菜《きらず》ばあやのエプロンにもあるのを見つけていた。

§

二十リッターのずん胴鍋からおいしいスープの匂いが漂ってきた。ナンシーが作る温かいスープ、それは感情調味料《エモーションスパイス》を効かせた特徴的な味わいで、その時々の気持ちに寄り添って心を癒やしてくれる魔法の一品《アイテム》だ。焼きたてのクロワッサンも絶品だ。かじった時の迸《ほとばし》るような芳《こう》ばしさ、中のしっとりとした生地には濃厚なバターが溶け込んでいる。今朝もヨーラが広げたテーブルの上には温かいスープと焼きたてのクロワッサン、山盛りの新鮮なフルーツが積まれていた。そしてみんなにはわかっていた、これがカトマンザでの最後の食事だと。

カトマンザに無聊《ぶりょう》はない。朝は短く昼はなく、直ちに夜になって記憶の断片や幻想の基軸が現実の世界とつながる。カプリスの闇に溶け込んでいるのは恍惚とした夜の呈示《プレゼン》による高揚感《エレベーション》だ。理性を脱ぎ捨てた魂が行き着く場所はない。だが恣意的《しいてき》な振る舞いは時として行動力《エネルギー》に変わる。勇気を持って前に進もうとする者には必ず加護があると知る、どんな深い谷にも光は射すのだと。カトマンザの長い夜、それは弱った心に自信をもたらす強力な擬薬《プラセボ》なのだ。

「カプリス、いますか？」

「やあ汰央、みんなもそろって来てくれたんだね」

「カプリス、また会えるよね？」

亜美の問いかけに一瞬暗がりが揺らいだ、そして低い声が言う。

「トルストイが幼い時、ずっと探していたものがあるんだ」

声は続けた。

「それはね、すべての人を幸せにする魔法の杖なんだ」

闇と共にみんなの気持ちが揺らいだ。

「私も長い間その杖を探していた」

カプリスの声にみんながそれぞれの魔法の杖を思い描いた。

「ところがある日気づいたんだ、杖は他でもない自分が持っていることにね」

闇が深まる。カプリスの声が遠い。

「君たちを心から……」

途切れる声。

「心から誇りに思う」

カプリスの声は情動に駆られながらも穏やかだ。

「さあ、みんな杖は持ったね」

寂しさと安堵。

「お行き、スージーが待っているよ」

みんなは闇が遠のいたような気がして互いを見た。周りがうっすらと明るい。

「スージーはどうやら君たちに見せたいものがあるらしい」

それを聞くとみんなは目を見合わせてうなずき合った。

赤々と揺れながら闇を照らす暖炉の炎がスージーの巨大な目に映っている。ポールとポーラの間をくぐり抜けると海底のような青い闇が取り巻いている。巨大な眼球の中心で急激に絞られていく瞳孔、分厚いまぶたは大きく開いていた。

「スージー」

汰央の声に反応するようにまぶたが微妙な動きを見せた。瞳の中の炎がたゆたう。

「僕らに何を見せてくれるの？」

スージーのまぶたが動き出す。秒速七十ミリメートルのまばたき、重々しく閉じたまぶたがゆっくりと持ち上がる。そして見てごらんとばかりに巨大スクリーンが映し出したのは聳《そび》え立つ三方の壁に囲まれたモノクロの冷厳《れいげん》な要塞。

「Ｅスクエアだ！」

狢がシッポを太くする。まぎれもないあのＥスクエアのソレミヨ階段の真ん中辺り、黄色いドアの前にシルクハットに燕尾服のエジンバラ卿がいた。腰をかがめて頻《しき》りに何かを弄《いじ》くっている。どうやら黄色いドアの鍵を外そうとしているらしい。スージーが映し出すエジンバラ卿を汰央たちは息を詰めて見守った。黄色いドアの鍵が外れかけたその時、一番下の青いドアが開いた。

「あ、誰かいる……」

興味津々の狢、白衣を着たその女性は金髪だ。ようやく外れた鍵を手に階段を下りてきたエジンバラ卿に何やら話しかけているその姿。刮目《かつもく》する汰央。

「ハンナ！」

汰央の叫ぶ声に暖炉の炎が揺らいだ。

「ハンナだ！」

「ホントに？」

「間違いない、なぜハンナがＥスクエアに？」

「新しいパートナーってこういうことだったのね」

リデアが納得して言った。スージーが映像にテロップを入れる。映し出されているハンナの足元付近に白い文字が出た。

――聖ヨハンナ――

「聖ヨハンナ？　ハンナが聖ヨハンナ？」

「多分戒名《かいみょう》みたいなものでしょう」

なだめるように言うリデア。

「ハンナというのは生きているときの名前だから」

「でもハンナだ！」

「それはそうなんだけど、名を改めたのだとしたらEスクエアに身を置くことに決めたのかもしれない」

「じゃあこれからずっとエジンバラ卿と？」

「ステキ」

「素敵？」

汰央が問い返す。

「カナデ、それどういう意味？」

「私見たの、エジンバラ卿の部屋に写真があった。おじいちゃまはハンナを愛していたの、ロシアの森でたった一度出会ったきりのハンナが忘れられずにずっと心の奥にしまってきた」

「ロシアの森でハンナとエジンバラ卿が？」

黙り込む汰央。

「不思議ね汰央、亡くなったのにこうして今ハンナを見ているなんて」

「でもハンナはあの哉路《かなろ》の駅で……」

ゴクンと唾を呑む汰央。

「私たちのおじいちゃまも半年前に亡くなった、でも今はエジンバラ卿としてここにいる。けれどおじいちゃまはまだ蔦倉兌爾《つたくらえいじ》でもあるの。だって身体は消えても思い出は消えないもの」

「思い出？」

「そう、だから二人が何かの役割を担ってこの世界に存在するのなら、汰央にとっても私にとってもすごくラッキーなことなんじゃないかしら。たとえそれがハンナとしてじゃなくても」

二人の会話を聞きながら亜美はかぐや姫の言葉を思い出していた。

――心の奥の思い出の部屋には愛が息づいている――

それはともすれば気づかずに通り過ぎてしまうような無意識下の記憶でも、生きてきた時間の中に確実に存在した愛の痕跡に他ならないのだ。

第六章　アウトサイドステージ

ラッキー

朝の光でアスファルトが輝いている。通い慣れた道の上で健太郎の安っぽいスニーカーが乾いた音を立てた。民家がまばらになりだす頃、道を折れて側道《そくどう》に入ると並み木の向こうに草原が広がっている。アスファルトの細い道の先に「成吉思汗《ジンギスカン》」の看板と放牧されている羊たちの群れが見えてくる、いつもと変わらぬちょっとシニカルな光景だ。

六香《ろっこう》学園農業実習所の広大な敷地内にワークハウス・ゴーシュはある。ゴーシュは地域活動支援センターが立ち上げたＮＰＯ法人で、障がい者の自立支援を目的とする工房だ。二十人ほどの従業員と所長、事務長だけの小規模な共同作業所で、自然をモチーフに季節の草花を使ったサシェやキャンドル、大きなものではスツールやニッチなどを作っている。

十一歳の時、火事で全身に深いやけどを負った健太郎は、命は取りとめたものの重い脳機能障害に陥《おちい》った。更に野球好きの闊達《かったつ》な少年だった彼はその時から精神的ダメージによる吃音というハンディも抱えた。知人の紹介で哉路《かなろ》から札幌に来て地域活動支援センターに就職。ワークハウス・ゴーシュに移ったのが六年前。年齢より大分若く見える健太郎だが今年で四十五歳になる。所長の双葉は札幌での彼の親代わりだった。健太郎は職場から二丁ほど離れた寮で暮らす。静かにドアを開けて作業スペースに入ってきた健太郎に同僚のハルが声を掛けた。

「あで、健ちゃん、めずだちいね、いっつぼ早いどに」

「遅刻じゃないでしょ」

「あで、健ちゃん、どーちて喋でる?」

ハルの隣で目を見張ったのは事務長の北島だ。

「今の、健太郎か?」

「ええ」

「しゃ、喋れるのか?」

奥にいた双葉が立ち上がった。

「健ちゃん?」

「おはようございます双葉さん、ちょっと遅くなりました」

「あなた、健ちゃんなの？」

「はい」

「信じられん、普通に話している」

北島が神妙な顔つきで言う。双葉は感動していた。

「本当に健ちゃんなのね」

「そんなにおかしいですか？」

「いっ、いいえ、おっ、おかしくなんかないわ」

「あはは、おがぢい」

ハルが笑った。

「ちっともおかしくなんかないわ」

厚い雲の向こうから昇り出した太陽が健太郎の横顔を照らし始めた。

狢

静寂、どうやら家には自分だけのようだ。萌子はいつも金曜の夜は当直で、帰宅は土曜の昼になる、ということは土曜の朝だ、と正志は思った。朝食をとり宿題をやって録画しておいた金曜ロードショーを観たあと米を研いでおくのが土曜日の正志の日課だ。

目を覚ました時、正志は時間が止まっていたとわかった。一日の終わりに×印《バツ》をつけているカレンダーだ。×は金曜に付いている。時計は八時前だった。もうひと眠りしようと思ってベッドに入りかけて跳ね起きた。

たぬきじゃないっ！

布団を剥《は》いで身体をさぐる。

人間に戻っている！

そして頭がフル回転し出す。

どこだ、どこにある？

両手で身体中をまさぐったあと転げるようにベッドから下りて脱いであったジーンズの後ろポケットを探すと、

「あった！」

四角く折り畳んだ白い紙切れがあった。電話が鳴って口から心臓が飛び出すほど驚いた。

「正志」

耳に当てないうちに萌子の声がした。

「うん」

「もう起きてた？」

「うん」

「正志、お父さんね、さっき心停止……」

萌子の声が途切れた。

「お母さん」

「ううっ」

「お母さん、お父さん死んだの？」

「ううん……」

「僕今からそっちに行く？」

母の泣き崩れている様子がわかる。

「正志君か？」

「はい」

医者の声がした。

「直ぐ来れるか？」

「はい行きます」

お父さん、あの時言った通りなんだね。

§

通夜を狭いマンションの一室で行いたい。それが九年間基《はじめ》の帰りを待ち続けた萌子の最後の願いだった。葬儀で泣き崩れていた九条に正志はいつか真実を伝えたいと思った。オペレーターの九条は事故に責任を感じ、自分の不注意が招いたことだと言って萌子に侘び続けた。そのたびに萌子は誰のせいでもない、誰も恨んではいないと言って九条をなだめた。実際萌子の心はその言葉のままだった。誰のせいでもない、ただどうしようもなく悔しいだけだった。彼の仕事ぶりを知る人は皆、口をそろえて言った。

「ムロモッツァンほどの手練《てだ》れがあんな事故に遭うなんてな……」

「あり得ない、しかも倒れていた場所が悪すぎる」

「見つかるまでにだいぶ時間が経ってたらしいもんな」

「フレネル留めて、そのあと何があったかだよ」

一体あの日あの場所で何があったのかと九年間問い続けた。それは同僚の足立《あだち》も同じだった。

「室本、おまえズルいぞ。これで俺は一生おまえを超えられなくなったよ」

遺影に向かってそう言った足立に、正志は『Ｗｈｙ』のキューシートを差し出した。

「お父さんが足立さんに渡すようにって」

「室本が？」

訝《いぶか》しげに手に取って見ていた足立の顔色が変わった。

「これ、キューシートじゃないか」

「絢香の『Ｗｈｙ』。お母さんがいつも聴いてる歌なんです」

「確かに室本の字だ、でもアイツいつこれを？　絢香って最近の歌手だよな、一体室本がなんでこんな？」

「理由は言えません」

「言えない？　言えないってどういうことなんだ？」

「お願いします、足立さんしかいないんです」

食い下がる正志の目は真剣そのものだ。

「足立さんお願いします！」

「わ、わかったよ、とりあえず預かっておこう」

足立から連絡が来たのは告別式が終わった日の翌々日の朝。キューシートを渡した四日後のことだった。

「萌子さんに見せたいものがある。駅裏のスタッグ・ビートルというライブハウスに正志君と来てほしい、取り込んでいる時に悪いが時間は取らせない」

葬儀、通夜、告別式と続いたあとだけに足立にしても余程のことがあるのだろうと萌子は思った。

スタッグ・ビートルは中心街から少し外れた小振りなビルの地下にある小さなライブハウスだ。夕方の数時間を貸し切ったらしく萌子と正志の他に客はいない。

「ダチさんトーメン使います？」

「あ、それナナメで使って」

薄暗いホールに数人のスタッフの声が飛び交っている。

「D・Oからカットインいいな」

「ガッファー、スモークいいか？」

「オッケーです」

「プロジェクター、ソースフォーに入った？」

「入ってます」

「OK、カブストレート」

「……」

「カブ、ストレート当ててみて」

「……」

「鏑木《かぶらぎ》？」

正志には名前と用語の区別もつかない。後ろから二列目の真ん中辺りに正志は萌子と並んで座っていた。席に着いてから二十分が経過していた。にわかにホールが暗くなって足立が走ってきた。

「どうも」

走りながら足立はペコリと頭を下げた。

「スイマセン予定より遅くなっちゃって。しかもこんな時に無理言って申し訳ない」

「こちらこそ、お忙しい中告別式にまで来ていただいてありがとうございました」

「萌子さんはまだしばらく仕事休むんでしょう？」

「いえ、明日からもう」

「無理しないで少しゆっくり休めばいいでしょ」

「でも仕事に行ってる方がまぎれるかな、家にいるとかえってダメ、生活かかってるし」

萌子はオドけようとしたがあまり上手く笑えなかった。

「で、今日来てもらったのはどうしても見てもらいたいものがあるんで、これからそれ見せますんで」

足立はジーンズのポケットから白い紙を取り出した。

「このキューシート見た時、これがアイツの気持ちだとわかったんで、そうとしか考えられないんで、今俺にできること全部出し切ります。今日俺がやることは全部室本の代わりだから」

「あの人の代わり？」

「仕込みから当たりまで全部アイツのプロデュースなんで。そこのところだけしっかり踏まえて観ていってください」

「あ、あの……」

正志は父の言葉を思い起こしていた。萌子は何が始まるのかまったくわからないまま照明が落ちた客席で暗いステージを見つめていた。地明かりだけが照らす舞台の上にゆっくりと音が滑り込んできた。『Ｗｈｙ』だ。

萌子の勤める北凛館大学付属総合病院では昼食時に外来を除くすべての棟で入院患者からのリクエスト曲を一曲だけ流すリクエストタイムというのがある。絢香の『Ｗｈｙ』が流れた時、萌子は基《はじめ》の病室にいた。入院中の高校生がリクエストしたこの曲を萌子はそれまで知らなかった。

ホリゾント幕が『Ｗｈｙ』の文字を映し出している。突然明るくなって再び暗転。ライブハウスの巨大な音響設備は絢香の息遣いや音の重なりを余すところなく紡ぎ出す。音の切れ間で光は真っすぐ床に落ち、美しくクロスして幻のように消えた。ロスコのスモークマシーンが焚《た》く濃厚なミストが生き物のようにフットライトの上を這っていく舞台奥で、アンバーホリゾントから洪水の如く色があふれ始めた。稲妻のように光るシーリングライトに萌子の身体は雷に打たれたように白く照らし出された。

――何かが見えた――

夫を想いながら泣き通した萌子の四分二十六秒が終わった。正志の心の奥には温かな何かが残った。たとえるなら、青い廊下の突き当たり、銀色の扉の向こう側、暗いＢＡＲのテーブルにひっそりと灯る明かりのような……。かすかに灯る命の火を消す前に基にはどうしても正志に伝えたいことがあった、萌子に見せたいものがあった。正志は今、自らの意志で命のブレーカーを落とした父の言葉をじっと噛み締める。

——誇《プライド》りを持って生きろ——

お父さん……

人は思ったよりも強いものだ。すべての照明をオフにして、そこから一歩前に踏み出す勇気を身体の中のどこかに備え持っている。頭の中か心臓か、心の調光器盤のどこかに。

亜美

目を覚ました時、亜美にはそこがどこかわからなかった。閉められたカーテンの向こうには生まれたての朝が訪れている。天井にぶら下がる百合の花の形の照明器具、ベッド脇にも同じライト、壁には大きな薄型テレビとハンガーに掛かった紺色のスーツ。

お父さんのじゃない。

ドアが少しだけ開いている。ドアの向こうは廊下のようだ、隣のベッドに誰かいる。

赤ちゃん？

起き上がってそっと近寄ってみると、小さな寝息を立ててすやすやと眠っている。

第六章　アウトサイドステージ

やっぱり赤ちゃんだ、可愛い。

「あら」

ドアが開いて女の人が入ってきた。ほっそりとした体つきに長い髪、亜美を見てにっこり笑った。

「亜美ちゃん、起きてたのね」

「誰？」

「覚えてないのね」

長い髪の女性は亜美の前まで来てしゃがむと、手に持っていた哺乳瓶を床に置いた。それから亜美の肩に優しく手を掛けた。

「ほら昨日、一緒にお風呂に入ったでしょう？　思い出せる？」

「……かぐや姫？」

「えっ、亜美ちゃん面白い」

大真面目な亜美の答えにウケる一子《いちこ》。

「栗の実の家にいたことは覚えている？」

「栗の実？」

「そうよ、栗の実の家から学校に通っていたでしょう？」

「あ、学校」

「大丈夫、今日は土曜日でお休み」

亜美の混乱を受け止める一子の向こうに立つパジャマ姿があった。

「お父さん」

亜美の言葉に一子が振り向く。

「ヒロ！」

「亜美ちゃん、起きたの？」

そう言ったパジャマ姿の声は父の声とそっくりだった。

「覚えてないのよこの子」

「そっか。ま、そのうち慣れるさ」

パジャマ姿が亜美を見てニッと笑った。

お父さんに似ているけど違った。間違えたことに急に恥ずかしさを覚えて亜美は弘嗣《ひろつぐ》から目をそらした。

「似ているかい？　お父さんに」

問い掛けにうなずく亜美。

「似ているのはね、おじさんと亜美ちゃんのお父さんが兄弟だからなんだ。年は離れてるけどね。僕は皆藤弘嗣《かいどうひろつぐ》、この人は奥さんの一子さん」

「いちこさん……」

「ま、呼び方は亜美ちゃんが決めるといいよ」

「じゃあ亜美でいい」

「え?」

「亜美ちゃんじゃなくて亜美って呼んでください」

雄一の死後、孤児となった亜美の生活環境は目まぐるしく変わり続けた。東京から札幌に転勤してきた弟夫婦の元に引き取られたのは「栗の実の家」という施設に入った矢先だった。雄一と暮らしたマンションを引き払い、施設に預けられ、そこからまた雄一の弟夫婦の住むこの家に連れてこられて今日はその最初の朝だ。医者は記憶障害の一種で解離性健忘という一時的なものだから心配はないと言った。

雄一が不慮の事故で他界したのは弟の弘嗣が一子と結婚して間もなくの六月だった、結婚式に続く葬儀は参列する人々に人生の皮肉さを知らしめた。弘嗣の妻一子は持病の喘息で出産が危ぶまれたが、その数ヶ月後には無事健やかな男児を出産した。子どもの誕生を機に弘嗣は予《かね》てから考えていた北海道への移住を果たし、郊外に家を建て、亡き兄の愛娘《まなむすめ》亜美を養女に迎えた。そんな経緯を亜美はすぐに呑み込めずにいたのだ。

「あの子、兄貴の嫁さんにそっくりになったな」

「亜矢さんだったかしら、ご実家のアルバムで見たわ。目元なんかそっくり」

「まだ四年生だろ、メソメソ泣いてもおかしくない年齢なのに気丈だよ」

「ヒロをお兄さんと間違えた時、思い出して泣くかと思ったけど」

「俺たちで見守ってやろう。きっと正志のいいお姉ちゃんになるよ」

弟夫婦が交わすそんな会話を亜美は知らない。

「イっちゃん、マー君起きたよぉ」

子どもの順応性とはすごいものだ、数日後には元気に一子を呼ぶ亜美がいた。主寝室に一子と亜美たちを寝かせ、弘嗣は別室で寝起きしている。天気の良い朝、朝食を作る一子に代わって亜美が泣き出した正志を抱き上げた。

「マー君、正志っていうんだねぇ」

亜美が話しかけると泣き止んで娃娃《ああ》と声を出す。

「おねぇちゃんのお友達もマー君と同じ名前なんだよ、狢って呼んでるけど」

弘嗣がパジャマ姿で現れた。

「おはよう亜美。お、正志も起きてたか」

「おはようヒロさん」

「いや亜美にヒロさんて言われるとテレちゃうんだよなぁ」

「いいからいいから」

「お父さんとか呼んでくれても全然いいよ」

「それは無理」

「どして？」

「お父さんじゃないもん」

「どうしたら亜美のお父さんになれる？」

「なりたいの？」

「うん、なりたいの」

「ふーん、そうなんだ」

「で？」

「考えておく」

「頼みますよ」

頼もしい。大人をおちょくって遊んでいる。

「亜美、抱っこするの上手だね」

「うんだいぶ慣れた」

「亜美ひとりっ子だったもんな」

弘嗣の大きな手が正志を抱き上げて高く持ち上げた。弘嗣と雄一は顔立ちこそ似ているがよく見ると雄一よりかなり若い。背もずっと高かった。

間違えて悪かったかな。

良心の呵責《かしゃく》を覚える亜美。

窓から庭が見える。庭の向こうには草が生い茂った広い空き地が見えていた。

「あれね、すずらんだよ」

「すずらん？」

「すずらん知ってる？」

「うん」

亜美の心臓がトクンと鳴った。

「今年はもう終わっちゃったけど、この家を建てている時は白い花が一面に咲いてて綺麗だった」

「ふうん」

「それとね亜美」

弘嗣はいつの間にか腕の中で眠ってしまった正志を抱えたまま亜美の横に膝をついた。

「イっちゃんね、あんまり身体が丈夫じゃないの。だから時々手伝ってあげて、女同士だしさ」

突然亜美が凍りついた。弘嗣の何気なく言った言葉は亜美の精一杯だった心の堤防を一瞬で打ち砕いた。

カラダガジョウブジャナイ。

「亜美！」

亜美は部屋を飛び出した。一子はキッチンにいた。足音に振り向くと亜美が一子を見つめて立っている、驚く一子。

「どうしたの？」

駆け寄って亜美に触れる。亜美の大きな目に涙がたまっていく。

「何かあったの亜美？」

あふれた涙があとからあとから頬を伝う。

「どうしたの？　なんで泣いてるの？」

「イっちゃん休んでて、私がするから」

「何？　なんで？」

「お願いだから休んでてイっちゃん」

血の気の失せた亜美の頬に流れる涙を一子が指でなぞる。

「大丈夫よ、私ならなんともないわよ」

「本当に？」

「さあ鼻水拭いて、私を心配したの？」

「死なないでね」

「えっ？」

「もう誰も死なないで」

「何言ってるの？」

「お願い！」

「亜美」

「死ぬのはイヤだ」

「亜美、大丈夫よ」

初めて抱き締めた亜美の身体は驚くほど華奢《きゃしゃ》だった。そして思いがけないほど愛しかった。一子は亜美を養女に迎えてから頭の中であれこれと思案していたことが一気に消え去っていくような気がした。泣きじゃくる少女の小さな身体に押し寄せた不安を全身で受け止めながら、一子は強く亜美を抱いた。

「死なないわ、大丈夫よ」

弘嗣がおろおろしながら立っていた。

「ごめん亜美、驚かせて」

一子はだいたいの経緯を察して弘嗣に小さくうなずいた。

「大丈夫よ、ずっと亜美のそばにいるわ」

弘嗣の目頭も熱かった。

カナデ

「キルトの森」から歩いて数分のマンションにカナデとリデアは叔母のアボンヌ・グランテと暮らしていた。独り身のアボンヌはエフエメラの妹で、エフエメラ亡きあとは養母となって二人を育ててきた。父、誠二が他界した後、蔦の家を手放して兌爾とこの円山台《まるやまだい》のマンションに移り住んだ。その兌爾も去年他界し、今は広いマンションに三人で暮らす。

目を覚ましたカナデの視界に入ってきたのはお気に入りの人形たち。

「ただいまピーチ、サリー、リンジー」

だが人形たちはおかえりとは言わない、これが現実の表舞台《アウトサイド・ステージ》だ。

リデアの部屋には人形の代わりに大きなテディ・ベアが一つと白いピアノがある。それぞれの部屋で目覚めた二人はほぼ同時に起き出して同じことを考えていた。アボンヌはいつものようにキッチンから出てきて二人にキスをした。

「アボ、今日仕事？」

「ドシテ？」

先に聞いたのはカナデ、アボンヌは「キルトの森」の開店に合わせて出かけて行く。

珍しいものでも見るように細い眉を上げ、アボンヌはカナデとリデアを交互に見た。

「ドシタノ？　ドコカ行キタイノ？」

「歴史博物館」

するとアボンヌは少し顎を上げるようにして何かを考えている様子だった。唐突な申し出に少なからず動揺もあった。だが彼女の決断は早かった。

「ママノキルトスゴイヨ、見タイ？」

「うん、見たい」

「ワカッタ見セル、支度シテ」

エフエメラのキルトのことを二人が誰から聞いたのか、どうやって知ったのかアボンヌにはわからない。だが彼女には、子どもたちに問うより時が来たのだと考える方が理に適っていると思われた。カナデの目が言葉より雄弁に語りかけてくる。

――心配しないで、目の病気のことも手術のことも知っている――

輪郭は近過ぎるとぼやけてしまう。アボンヌはむしろ、そばにいて子どもたちの心の変化に気づかなかった自分自身を省《かえり》みていた。

歴史博物館のロビーはひんやりとしていた。先週から「太古の地球展」が開催されており、会場は混雑していた。ロビーを抜けて真っすぐ奥へ進むと冷たい感じのする両側のタイルの壁が渦を巻く不可思議な模様を描き出している。やがてタイルは平坦なグレーから焦げ茶に、そして旧《ふる》い地層を思わせる臙脂色《えんじいろ》へと変わった。そのタイルの高く吹き抜けた壁面にエフェメラのキルトはあった。幅二メートル、長さは優に四メートルはありそうな長方形の布地は深みのある濃紺で、遠く果てしない宇宙を思わせた。だが紺から青へと徐々に変化していくグラデーションの帯は温かさに満ちており、星や花、蝶や鳥が散りばめられている。つなぎ合わされたパッチが丸太のように細長く並ぶログ・キャビンの手法、その美しい重なりは巧妙で、費やした時間《とき》の流れや布の表から裏へと走る針の動きがつぶさに感じられる。そしてそのすべてが強くエフェメラを思わせた。いつしかカナデはキルトの中に取り込まれ、妖精の羽を得て星々の間を巡った。エフェメラの宇宙は無限に広がり、輝く星がカナデを静かに見守っていた。その時カナデは母の声を聞いた。

――カナデ――

その声には悲嘆や後悔はなく、安息し、穏やかで、星の間を巡るカナデをどこからか嬉しそうにながめているような声だった。

リデアはキルトの中に見覚えのある時計の文字盤を見つけた、彼女もキルトに込められた母の想いを見た。そんな二人の顔を感慨深く見守るアボンヌ。

「宇宙ノ歴史ハ一億光年、ヒトノ一生ハホンノ一瞬」

「ほんの一瞬なの？」

きょとんとする二人。

「宇宙ニ比ベルトネ。デモ、ダカラ価値アルノ、限リアルカラ」

「ママはそんな思いをキルトに込めたのかな」

「ソウネ、タダ、ドウシテモ避ケラレナイ運命アル」

「どうしても？」

「ソウ、ドウシテモ。ソレデモ私タチ負ケナイデ、ササエ合ッテ生キルコトガ大事ダッテ、ママノ宇宙ハオシエテイル」

エフェメラの宇宙がカナデを取り巻く。何もかもを赦《ゆる》し、そして赦されたとカナデは感じた。母の声が憂いを消しさっていく。エフエメラの声はいつまでもカナデの耳に残っていた。作品の右下に添えられたプレートにメッセージと作品名が記されていた。

二人の愛する娘たちに捧ぐ――『モータル』エフエメラ・G・蔦倉

汰央

汰央は初めてここに来た時のように窓に向かって立っていた。南向きの部屋の窓は天井から床までガラス張り。街が一望できる最上階の、このリビングからのながめが汰央は好きだった。特に夕暮れから夜にかけてが美しい。雲が夕焼けをサンドし、車のライトが灰色に煙ったアスファルトに連なり出すと、街の明かりが粒をそろえて輝き出し、地球という太陽系の惑星《ほし》の動きを体感できる。グスタフ・ホルストの組曲『惑星』が小さく流れている。

千尋《ちひろ》さんは趣味がいい。

三浦千尋はハンナの死後、汰央の後見人を申し出たハンナの従弟《いとこ》に当たる人物だ。ハンナの父親、つまり汰央の祖父、江連光世《えづれみつよ》には妻インガとの間にハンナと、彼女とは歳の離れた兄弟、保《たもつ》と司《つかさ》がいた。長男の保が汰央の父親である。保は結婚し男児に恵まれたが、妻と不慮の事故に遭いこの世を去った。一人残された汰央を札幌にいたハンナが引き取ったが、そのハンナも他界し、再び一人きりになった汰央は選択に迫られた。

「後見人を頼まれていた三浦です。色々手続きもあるが君さえよければ今日からうちで暮らしてくれて構わない。ただ哉路《かなろ》にも君を受け入れる用意があると言ってきている。哉路《かなろ》には君のお父さんの弟、司さんがいるし親戚もいる。札幌に住んでいるのは僕だけなんで先々のことも考えて彼女は僕に君のことを託していった。あとは君次第だ」

十三歳の汰央には保護者が必要だ。汰央はハンナ園にいたかった。思い出があふれてつらくても、親しんできたハンナ園から遠く離れたくはなかった。

「ハンナ園はどうなるんですか?」

「主幹教諭の堀さんが園長になって続けるそうだ、君が大人になるまではね」

「僕が?」

「園の権利は君にある、ハンナはすべてを君に残していった」

汰央は迷わなかった。汰央にとって哉路《かなろ》は過去の思い出の枠から出ない古《いにしえ》の絵画なのだ。壁に掛けて事あるごとにながめ、懐かしさに癒やされるだろう。しかし今、汰央は一歩でも前に進みたかった。

「あの、これからよろしくお願いします」

「うん、こちらこそよろしく頼むよ」

§

三浦の仕事はソムリエだ。ソムリエとは客の要望に応えてワインを選ぶワインの給仕人である。円山台にある高級マンションの最上階にフードコーディネーターの妻彩恵《さえ》と暮らしている、子どもはいない。汰央はひそかに思った。

今まで一度も会ったことなかったけれど、僕の親戚って結構すごいんだ。

クローゼットのようなワインセラー、夫婦で「銀の葡萄」というビストロを経営している。初めて汰央がここへ来た日、彩恵は仕事で不在だった。

「家内は料理好きでね、それを仕事にしているんだ。今日はＮＨＫの料理番組に出るらしいよ」

有名人なのかな？

「君にとても会いたがっていた」

うわー、緊張する。

「君は彩恵に間違いなく新しいメニューの試験台にされるだろう」

「はぁっ？」

「今までそれは僕の役目だった。これでやっと解放される」

「ええっ？」

「ははは、冗談だよ」

そう言って三浦はにこっと笑った。

「見ての通り僕らには子どもがいないんでね。ハンナのことは残念だが君が来てくれて僕も彩恵も本当に嬉しい」

汰央にとっても三浦のこの言葉はどんなに嬉しかったことか。

「とにかく妻はいつもそこいら中を木ねずみみたいに動き回っている。いないと静かだ」

だからいつも音楽がかかっているのかもしれない。

三浦はテレビをつけた。

「スープはベースが肝心です」

鮮やかな液晶の大画面に赤いエプロン姿の女性が映った、彩恵だ。テレビ画面なのにドキドキする汰央。ベリーショートのほっそりとした外見に少しだけ意外性を感じたが、それは即座に好感に変わった。

興味深いのは「バベットの晩餐会」と称して月に一度自宅で開くパーティーだ。ビストロの従業員十数人が集まる。目隠しして味覚と嗅覚で訪問客が持ち寄ったワインの銘柄や産地を言い当てるブラインド・テイスティングが汰央には面白かった。だがソムリエの三浦は時々ハズす。笑うとくしゃっとなる顔が誰かに似ていると思った。

「汰央君はアルコール抜きだ、食べるの専門でどんどんやってくれ。このアクア・パッツァはうまいぞ」

ピンク色の魚は丁重に辞退したが、ワインのボトルに巻かれたさまざまなデザインのエチケットは見ているだけで楽しかった。

とにかく戻って来た。

最上階のリビングからの壮観、いつもと変わらない朝のながめ。汰央はホルストの『惑星』を聴きながらブラインドを開け三十畳のリビングに光を入れた。光は部屋の奥にあるユッカまで届き、幾つかの鮮やかな色を持った小物類を浮かび上がらせた。朝の光を受けて窓際に立ち、まずは順を追って考えなければならなかった。

頭の中を整理しよう。いつだ？　最近じゃないな、ニュースでも見たことがない。バラとハワイランドは廃墟か？　レジャー施設と遊園地で検索できるかもしれない。

「パソコン？」

「ちょっと調べたいことがあって」

「パスワードを教えるから自由に使っていいよ、勉強かい？」

「いえ」

「そうかそれならよかった。あまり勉強しすぎると身体に悪いからな」

社交界で鳴らした三浦の言うことは気が利いていてセンスがよく、汰央にはいつも刺激的だった。

朝食が終わると汰央はパソコンの前に座った。「レフーア」で検索すると遊園地の紹介が出てきた。次に「爆破事件」で検索した。

あった、これだ。

◆二〇〇〇年八月十九日（土）遊園地レフーア爆破事件◆
十九日午前十時五十分頃、北区舞の里の遊園地レフーアで爆破事故があり三人が死亡、五人が重軽傷を負う惨事となった。二日後に逮捕された犯人の無職門脇淳《かどわきじゅん》（二十七歳）は事件発生時現場から逃走しており、オーナーで空想開発グループ代表取締役アンドリュー・カミングスさんの長男フィリップ君（五歳）の身柄を拘束していると妻のユリアナさんを通して通告していた。更に爆弾をエンドレスメリーゴーランドに仕掛けたとして爆発時刻を告知、警察は直ちに来園客を避難させ、爆弾処理班を動員して厳戒態勢《げんかいたいせい》を敷いた。門脇は爆弾を撤去すれば子どもを殺すと宣言していたが、その直後事件は思わぬ展開をみせる。

アンドリューさんの側近、住吉真理さんの指摘を受けて警察が映像解析した結果、監視カメラに映っていた門脇の抱えている物体がフィリップ君に見せかけた人形であることが判明、急遽《きゅうきょ》特殊部隊を動員し爆発物の捜索に当たった。しかし発覚からわずか五分後の十時五十分、爆弾を発見できないまま告知されていた時間より十分ほど早く爆発が起きた。

犯行に使われた爆弾はＩＥＤと呼ばれる即席爆破装置で、予定時間前になんらかの誤作動で時限信管《じげんしんかん》に点火したものと見られる。この事故で現場でフィリップ君の捜索に加わっていた側近の住吉真理さん、同じく従業員の谷口直哉さん、木下琴里《ことり》さんの三名が爆発に巻き込まれ搬送先の病院で死亡が確認された。またオーナーのアンドリュー・カミングスさんも事故現場にいて重態、爆弾の捜索に当たっていた警察官ら四人も重軽傷を負った。フィリップ君は間もなく閉じ込められていた地下空調室から救出され命に別条はなかった。

犯行の動機について門脇は、テレビで家族連れが楽しんでいる様子を見て腹が立ち、爆破を計画したと供述している。この事故でレフーアは遊園地内の設備に甚大《じんだい》な被害を受けた。

十一年前、というと僕は二歳だ。アンドリュー・カミングス、こういうことだったのか！

次に汰央は「転落事故」で検索する。

あった！　日付けが近い。爆破事件のちょっと前、遊園地の事故と同じ年に起きている。

◆二〇〇〇年五月六日（土）プールで墜《つい》死◆

事故があったのは北区桜ヶ丘の大型温水プール、バラとハワイランド内「虹の広場」。五月六日午後一時半頃、虹の滑り台降り口付近で刃物を持った男が暴れ出し、滑り降りてきた幼児を捕まえて叫び立てた。男は興奮しており幼児を助けようとして近づいた大学生を刃渡り三十センチの包丁で切りつけた。数分後、滑り台の上にいた幼児の父親が男を阻止しようと約十八メートルの高さから飛び降り、頭を強く打って死亡する事故が起きた。折しも連休中で施設内は混み合っており、現場は一時大混乱となった。

亡くなったのは中央区朝見新聞札幌支局の記者、光岡幸久《みつおかゆきひさ》さん。この日は休暇を利用し妻の潤子さんと長男の流星《りゅうせい》君（四歳）を連れ午前中から当施設を訪れていた。光岡さんが滑り台から飛び降りた直後、一瞬の隙を突いて警備員が流星君を手元に引き寄せ近くにいた警官らが犯人を取り押さえた。刺された大学生は腹部に重傷を負い病院に搬送された。

事件を起こしたのは豊白区本通り一丁目の居酒屋「一家だんらん」に住み込みで雇われていた調理見習い夕凪《ゆうなぎ》尚人《なおと》（四十歳）。居酒屋店主によると夕凪は真面目で酒も飲まず、暴力的な性格ではなかったという。雇用が決まる一ヶ月前に母親が亡くなっており、夕凪は面接時、子どもの頃から貧しくて生きることがつらかった、これからは働いて自分のやりたいことを探したいと言っていたという。母親は唯一の身寄りだった。

河童男だ、間違いない。

「どうして河童男が……」

「カッパがどうかしたの？」

三浦の声に汰央の方が驚いた。

「いまどきの中学生はどんなことに関心を持つんだい？」

話題作りもあってか興味深げに画面に見入る三浦。

「お、あったなこれ、バラとハワイランドって」

「知ってるんですか？」

「流星君事件だろ？」

「流星君事件？」

「当時は話題になったよ。犠牲になったのが新聞記者ということもあってね。しかも犯人が服役中に癌で死んで」

「癌で？」

「そう末期癌だとわかって人生に絶望したのが犯行の動機だったらしい」

「末期癌……」

「でもこの事件だけじゃないはずだ。確かこのあと遊園地に爆弾が仕掛けられて」

「レフーア？」

「そう、舞の里の。どっちも経営者がハワイ人で」

「ハワイ人？　その人今どうしてるか知ってますか？」

「なんとかカミングスだったかな？」

三浦は記憶をたぐるように目を閉じると、なぜか小声で言った。

「確かこの人、蒸発したはずだ」

「ジョ、ジョーハツ？」

汰央もつられて小声になる。

「この人ね、プールの事件の時、犯人と接見《せっけん》したことで有名になったんだよ」

「セッケン？」

「うん、刑務所に行って犯人に会ったらしい」

カプリスが河童男に会いに刑務所に？

「爆破事故のあとは人前に出てこなかったけどすごくハンサムだったらしい」

「怪我、ひどかったのかな？」

「生きているのが奇跡みたいな大怪我だったらしいよ。蒸発する前にプレムダン・ジャパンに全財産を寄付したって聞いたな」

「プレムダン、ジャパン？」

「悲田院《ひでんいん》さ、孤児や貧しい人たちのための救護施設だよ。ユニセフには今でもミネラルウォーターを送り続けているはずだ」

二人の様子を見ていた彩恵がつぶやいた。

「なんで小声なの？」

§

「蒸発」と打ち込む指が震えた。続けて「事件」と打ち込むとたくさんの項目が出てきた。

画面に並んだのは「失踪」という文字。その記事はすぐに見つかった。

◆伏見原《ふしみがはら》　一家四人失踪事件◆

異変が発覚したのは二〇〇一年四月二十八日午前十時頃。伏見原《ふしみがはら》九丁目に住む空想開発グループ代表取締役社長アンドリュー・カミングスさんの自宅で、アンドリューさんを含む家族四人の姿が忽然と消えていると出向いた家政婦から通報があった。失踪したのは夫のアンドリューさん（四十四歳）、妻ユリアナさん（三十四歳）、長男フィィリップ君（六歳）と昨年生まれた次男（〇歳）の四人、飼っていたクーバース犬一匹も行方がわからなくなっている。

家政婦によると訪問時、すでに人の気配はなかったという。家の中を荒らされた形跡もなく所有している車は二台ともガレージに置かれていた。鍵が開いたまま正午になっても音沙汰がないことから不審に思い警察に連絡したとのこと。伏見原は高級住宅街で周りに山林など自然が多いことから道警は機動隊やヘリコプターでの捜索に当たったが杳《よう》として発見できず、未だなんの手懸かりもつかめていない。また警察はアンドリューさんの車椅子が自室に残されていたことから何者かに連れ去られた可能性があるとみて調べている。

アンドリューさんは大型レジャー施設の経営者としても名高く、ユニセフへの寄与など篤志家《とくしか》としても知られていたが、昨年相次ぐ事故に見舞われ心身共にダメージを受けていた。事故後は身体が不自由で移動には車椅子が必要だったという。また家政婦によると妻のユリアナさんも昨年の遊園地事故以来塞ぎがちだったという。警察は一家心中の可能性もあるとして周辺の住民に情報提供を呼び掛けている。

カプリス、犬の名前、聞いてなかったね、僕は何をしたらいい？　邪悪の灰の掃除かい？

汰央は半ば放心してパソコンの前に座り、スクリーンセイバーに散らばる無数の星をぼんやりとながめていた。星は画面いっぱいに広がり、時折その中の一つがまたたいてスーッと流れた。一つ、また一つと流れていく様子をしばらく目で追っていると、同じ調子で流れていた星が急に増えて加速しだした。

流星群……

そう思ってハッとした。

もしかして……

汰央は何かを思いつき、急いでバラとハワイランドの記事を読み返した。

「亡くなったのは中央区朝見新聞札幌支局の記者、光岡幸久さん」

やっぱりそうだ！

にわかに結びついていく記憶。

プールで飛び降りて亡くなった人の苗字は光岡、夢にうなされていた青年の名札も光岡。

ようやく見えてきた、うごめく闇の正体がなんなのか。夜ごと悪夢にうなされる理由、彼を取り巻く苦悩の真相があのプールの惨劇と結びついた。

「光岡流星、あの青年が流星君なんだ！」

汰央は思わず声に出していた、自分のやるべきことが見えた気がした。

そうなんだねカプリス、彼を連れていくよ。

流れ星が通り過ぎたあとの画面には美しい星空が映っていた。

最終章　プライド

流星

父の手が流星の肩を強くつかむ。

「痛い、痛いよ」

手は緩まない。

「助けたかった、なんとしてもおまえを」

「お父さんやめて、痛い」

父の顔が血に染まる。頭部が陥没し、飛び出した目玉が糸を引きながら床に転がり落ちる。わっと声を出して跳ね起きた。額の汗、打ちつける鼓動、毎夜繰り返される悪夢に苦しみながら覚醒を待つ。

またた……

「流星、起きたの？」

部屋に置かれた一枚の写真、写っているのは父に抱かれた幼い流星。居間にある位牌《いはい》の横にも笑顔の父親が写っている。流星には父に叱られた記憶がない。優しい人だったと母も言う。

「今日バイト？」

朝食を食べ終わって束の間、母と他愛ない会話をする一日の始まり。

「そうだよ、僕の白いパーカー知らない？」

「ああアレ洗った」

「え、マジ？　まいったな」

学校帰りに赴《おもむ》く先は朝見新聞札幌支局、高校生になった流星はここで簡単な情報処理のアルバイトをしている。父の死から十一年が経過していた。新聞社に出入りするようになって事件が見せたその後の展開も調べ上げた。

「流星君事件」、新聞社には今も父の功績が残り、事件名に冠された自分の名前を知らない者はない、バイトの面接ではそれを有効利用した。十五歳の流星は父親と同じ新聞記者を目指している。だがその若く精悍《せいかん》な強《したた》かさを貫けない夜がある。夢はいつも同じ場面から始まる。夢の中の流星は幼い頃のままだ。

「お父さん、どうしてあんな高い所から飛んだの？」

「おまえを守りたかったからだよ」

「だめだよそんなことしちゃあ」

「命に代えてもおまえを守りたかったんだよ」

「お父さんが死んだら寂しいよ、お母さんもいっぱい泣いたんだよ」

「お父さんはどんなことをしてもおまえを助けたかったんだ」

父の額から一筋の血が流れ出す。

「この手で守りたかった」

父の手が流星の肩をつかむ。指先に力が加わり爪が流星の肩に食い込み出す。

「い、痛いよ」

——流星——

「やめて、助けて！」

——流星振り切れ！——

誰かの声に振り向いた時、一瞬遠くに光が見えたような気がした。次の瞬間、流星は高校生の自分に戻ってひっそりとしたプールサイドに立っていた。枯れた椰子の木が見える。

「ここは……」

少し離れたデッキチェアに誰か座っている。立ち上がったのは背の高い少年だ、こちらに向かって歩いてくる。

「流星君だね？」

名前を呼ばれて身構える流星。

「僕は汰央」

「タオ？　さっきの声は君？」

汰央はうなずいて言葉を続けた。

「ずっと前ここで事故があった時、僕もこのプールにいたんだよ」

「……」

「ここのオーナーを知ってる？」

「アンドリュー・カミングス」

「流石《さすが》だね」

「大学を出るまでの学費を出してくれた人だから」

「なるほど」

言葉を交わしても流星の心は見えない。見えないまま汰央は相槌を打つ。

「できる限りのことをしてくれたわけだ」

「でも彼は消えた」

汰央は流星の声に絡む感情の中に彼の本心を探した。

「突然消えたんだね、飼っていた犬も一緒に」

「アロイだろ？」

「アロイ？」

意外にも犬の名前は流星の口から出た。

「合金という意味の英語、ＡＬＬＯＹ。クーバースって報じていたけど本当は雑種なんだ、レフーアの入り口に捨てられていたのを拾って飼っていた」

Ａ・Ｌ・Ｌ・Ｏ・Ｙ、逆から読むとＹ・Ｏ・Ｌ・Ｌ・Ａ、ヨーラだ！

パズルのようにつながっていくカトマンザの背景《バックグラウンド》に確かな手応えを感じた汰央は気持ちの昂《たかぶ》りを抑えて聞く。

「ここ、廃墟だよね」

「うん、もう封鎖して久しい、マニアの間では有名なスポットだよ。でも今なぜここにいるのかわからない、これも夢なのかな」

「夢じゃないよ」

即座に答える汰央。

「じゃあ幻覚？」

「幻覚でもないよ」

「どういうこと？　だいたい君は誰？」

「僕はただの案内人、そしてこれはもう一つの現実、現実の裏舞台《リヴァースステージ》」

「現実のリヴァースステージ？」

「そう、ここに来たら君に会えるような気がしたんだ」

「なんで僕に？」

「会って聞きたかったんだ」

「何を？」

「カミングスさんのこと。彼が犯人に会いにいったのを知ってる？」

「知ってるよ、有名な話だからね」

「なぜそんなことしたんだろう？」

「言いたいことがあったからさ」

「言いたいこと？」

「並の人間には絶対言えないことだけど理解はできる」

取り返しのつかない被害を受けたカプリスが、刑務所に行って河童男に何を言ったのか、汰央には想像もできなかった。

「彼は夕凪尚人に会ってこう言ったのさ、ＲＥＳＰＥＣＴ　ＹＯＵＲＳＥＬＦ、プライドを持てって」

§

どれくらいそうしていたかわからない、二人の間には心地好い沈黙が流れていた。その沈黙を破ったのは流星だ。

「ねぇ汰央、遠くに光が見えるんだけど」

「光？」

「うん、さっきからずっと光ってるんだ」

「なんだろう？」

「ほら、あれ、窓の明かりみたいな」

「行ってみようよ」

「でもなんの光かわからないし」

「だから行くんだよ、気になるんだろう?」

「気にはなるけど」

「だったら行って確かめてみようよ」

「確かめる? 何を?」

「見えるんだよね? 光が」

「うん」

「もしそれが何かの糸口だったとしたら?」

「糸口?」

「そう、心に引っかかっているものを下ろせるかも知れない」

黙り込む流星に汰央が被せる。

「家に帰ってまた悪夢をみるのかい?」

「え?」

「君は見つけたんだよ流星」

「見つけた?」

「そうさ、とうとう見つけたんだ」

「何を?」

「糸口光《クルー・ライト》さ」

「クルー・ライト？」

「行こう流星、希望の光だ」

「希望の光？」

汰央の声が確信に満ちていた。

「さあ流星、行こう一緒に！」


人間は地球に於ける覇者《はしゃ》であり、且つ極めて脆弱《ぜいじゃく》な存在だ。だが人間はまた、愛する者のために驚くほど強くもなれる。誇り《プライド》は恐らく人間が己の弱さに打ち勝つための最強の武器《プラセボ》だ。

――ＲＥＳＰＥＣＴ　ＹＯＵＲＳＥＬＦ――

アンドリュー・カミングスの言ったこの言葉は今なお人口《じんこう》に膾炙《かいしゃ》する。世の中が親しみに満ち、万人の心に幸せが訪れ、邪悪の灰が真の愛で消え去らんことを私たちも祈ろう、カトマンザの闇の奥のカプリスと共に。

完

宙吊りの歌

ごきげんよう
上手く言えない時もある
ごきげんよう
おしおきされてる末っ子坊や

※ゆらゆ〜ら
ゆらゆらゆ〜ら
こっちにきたら大はしゃぎ
げらげ〜ら
げらげらげ〜ら
こっちにきたら大はしゃぎ
大はしゃぎ　大はしゃぎ
とっとっと〜
とっとっと〜
とんでもないこと起りそう

ごきげんよう
伝えきれないこともある
ごきげんよう
屋根裏部屋から出ておいで

※繰り返し

ごきげんよう
探しきれない物もある
ごきげんよう
ひきだしの奥の積木のお城

※繰り返し

ごきげんよう
数えきれない星もある
ごきげんよう
小指を結んでつながろう

※繰り返し

〈著者紹介〉

伊藤美樹（いとう・みき）

1963年札幌生まれ、札幌在住。

デザイン学校卒業後「描く」という行為から遠ざかり、専ら「書く」ことに没頭。社会人として働くかたわら、詩やショートストーリーの創作に耽る。馬齢を重ねて思うのは、絵を描くことも文を書くことも自分にとって生きていく上で不可欠だということ。自分を小説家とは思っていないが『モータル』は渾身の一作。

近年、鉛筆画展を数度開催。

著書に小説『D』（2003年 健友館）がある。

モータル

2023年6月30日　第1刷発行

著　者　　　伊藤美樹
発行人　　　久保田貴幸

発行元　　　株式会社 幻冬舎メディアコンサルティング
　　　　　　〒151-0051　東京都渋谷区千駄ヶ谷4-9-7
　　　　　　電話　03-5411-6440（編集）

発売元　　　株式会社 幻冬舎
　　　　　　〒151-0051　東京都渋谷区千駄ヶ谷4-9-7
　　　　　　電話　03-5411-6222（営業）

印刷・製本　中央精版印刷株式会社
装丁　　　　野口萌
口絵イラスト　赤倉綾香（ソラクモ制作室）

検印廃止

Printed in Japan
ISBN 978-4-344-94271-4 C0093
幻冬舎メディアコンサルティングＨＰ
https://www.gentosha-mc.com/